Georg Büchner

Dantons Tod
Leonce und Lena

Dramen

Fischer Taschenbuch Verlag

Veröffentlicht im Fischer Taschenbuch Verlag,
einem Unternehmen der S. Fischer Verlag GmbH,
Frankfurt am Main, Juli 2008

Für diese Ausgabe:

Satz: Dörlemann Satz, Lemförde
Druck und Bindung: Clausen & Bosse, Leck
Printed in Germany
ISBN 978-3-596-90074-9

Unsere Adressen im Internet:
www.fischerverlage.de
www.fischer-klassik.de

Inhalt

Dantons Tod

Ein Drama

Personen

GEORG DANTON LEGENDRE CAMILLE DESMOULINS HÉRAULT-SÉCHELLES LACROIX PHILIPPEAU FABRE D'ÉGLANTINE MERCIER THOMAS PAYNE	Deputirte
ROBESPIERRE ST. JUST BARRÈRE COLLOT D'HERBOIS BILLAUD-VARENNES	Mitglieder des Wohlfahrtsausschusses

CHAUMETTE, Procurator des Gemeinderaths
DILLON, ein General
FOUQUIER-TINVILLE, öffentlicher Ankläger

HERRMANN DUMAS	Präsidenten des Revolutionstribunals

PARIS, ein Freund Dantons
SIMON, Soufleur
LAFLOTTE
JULIE, Dantons Gattin
LUCILE, Gattin des Camille Desmoulins

ROSALIE ADELAIDE MARION	Grisetten

Männer und Weiber aus dem Volk, Grisetten, Deputirte, Henker etc.

Erster Act

I, 1 HÉRAULT-SÉCHELLES, EINIGE DAMEN (AM SPIELTISCH). DANTON, JULIE (ETWAS WEITER WEG, DANTON AUF EINEM SCHEMEL ZU DEN FÜSSEN VON JULIE)

DANTON. Sieh die hübsche Dame, wie artig sie die Karten dreht! ja wahrhaftig sie versteht's, man sagt sie halte ihrem Manne immer das cœur und andern Leuten das carreau hin. Ihr könntet einen noch in die Lüge verliebt machen.

JULIE. Glaubst du an mich?

DANTON. Was weiß ich? Wir wissen wenig voneinander. Wir sind Dickhäuter, wir strecken die Hände nacheinander aus aber es ist vergebliche Mühe, wir reiben nur das grobe Leder aneinander ab, – wir sind sehr einsam.

JULIE. Du kennst mich Danton.

DANTON. Ja, was man so kennen heißt. Du hast dunkle Augen und lockiges Haar und einen feinen Teint und sagst immer zu mir: lieb Georg. Aber *er deutet ihr auf Stirn und Augen* da da, was liegt hinter dem? Geh, wir haben grobe Sinne. Einander kennen? Wir müßten uns die Schädeldecken aufbrechen und die Gedanken einander aus den Hirnfasern zerren.

EINE DAME *zu Hérault*. Was haben Sie nur mit Ihren Fingern vor?

HÉRAULT. Nichts!

DAME. Schlagen Sie den Daumen nicht so ein, es ist nicht zum Ansehn.

HÉRAULT. Sehn Sie nur, das Ding hat eine ganz eigne Physiognomie.

DANTON. Nein Julie, ich liebe dich wie das Grab.

JULIE *sich abwendend*. Oh!

DANTON. Nein, höre! Die Leute sagen im Grab sey Ruhe und Grab und Ruhe seyen eins. Wenn das ist, lieg' ich in deinem Schooß schon unter der Erde. Du süßes Grab, deine Lippen sind Todtenglocken, deine Stimme ist mein Grabgeläute, deine Brust mein Grabhügel und dein Herz mein Sarg.

DAME. Verloren!

HÉRAULT. Das war ein verliebtes Abentheuer, es kostet Geld wie alle andern.

DAME. Dann haben Sie Ihre Liebeserklärungen, wie ein Taubstummer, mit den Fingern gemacht.

HÉRAULT. Ey warum nicht? Man will sogar behaupten gerade die würden am Leichtesten verstanden. Ich zettelte eine Liebschaft mit einer Kartenkönigin an, meine Finger waren in Spinnen verwandelte Prinzen, Sie Madame waren die Fee; aber es gieng schlecht, die Dame lag immer in den Wochen, jeden Augenblick bekam sie einen Buben. Ich würde meine Tochter dergleichen nicht spielen lassen, die Herren und Damen fallen so unanständig übereinander und die Buben kommen gleich hinten nach.

Camille Desmoulins und Philippeau treten ein.

HÉRAULT. Philippeau, welch trübe Augen! Hast du dir ein Loch in die rothe Mütze gerissen, hat der heilige Jakob ein böses Gesicht gemacht, hat es während des Guillotinirens geregnet oder hast du einen schlechten Platz bekommen und nichts sehen können?

CAMILLE. Du parodirst den Socrates. Weißt du auch, was der Göttliche den Alcibiades fragte, als er ihn eines Tages finster und niedergeschlagen fand? »Hast du deinen Schild auf dem Schlachtfeld verloren, bist du im Wettlauf oder im Schwertkampf besiegt worden? Hat ein Andrer besser gesungen oder besser die Cither geschlagen?« Welche klassischen Republicaner! Nimm einmal unsere Guillotinenromantik dagegen!

PHILIPPEAU. Heute sind wieder zwanzig Opfer gefallen. Wir waren im Irrthum, man hat die Hébertisten nur auf's Schafott geschickt, weil sie nicht systematisch genug verfuhren, vielleicht auch weil die Decemvirn sich verloren glaubten wenn es nur eine Woche Männer gegeben hätte, die man mehr fürchtete, als sie.

HÉRAULT. Sie möchten uns zu Antediluvianern machen. St. Just säh' es nicht ungern, wenn wir wieder auf allen Vieren kröchen, damit uns der Advokat von Arras nach der Mechanik des Genfer Uhrmachers Fallhütchen, Schulbänke und einen Herrgott erfände.

PHILIPPEAU. Sie würden sich nicht scheuen zu dem Behuf an Marats Rechnung noch einige Nulln zu hängen. Wie lange sollen wir noch schmutzig und blutig seyn wie neugeborne Kinder, Särge zur Wiege haben und mit Köpfen spielen? Wir müssen vorwärts. Der Gnadenausschuß muß durchgesetzt, die ausgestoßnen Deputirten müssen wieder aufgenommen werden.

HÉRAULT. Die Revolution ist in das Stadium der Reorganisation gelangt.

Die Revolution muß aufhören und die Republik muß anfangen. In unsern Staatsgrundsätzen muß das Recht an die Stelle der Pflicht, das Wohlbefinden an die der Tugend und die Nothwehr an die der Strafe treten. Jeder muß sich geltend machen und seine Natur durchsetzen können. Er mag nun vernünftig oder unvernünftig, gebildet oder ungebildet, gut oder böse seyn, das geht den Staat nichts an. Wir Alle sind Narren es hat Keiner das Recht einem Andern seine eigenthümliche Narrheit aufzudringen.

Jeder muß in seiner Art genießen können, jedoch so, daß Keiner auf Unkosten eines Andern genießen oder ihn in seinem eigenthümlichen Genuß stören darf.

CAMILLE. Die Staatsform muß ein durchsichtiges Gewand seyn, das sich dicht an den Leib des Volkes schmiegt. Jedes Schwellen der Adern, jedes Spannen der Muskeln, jedes Zucken der Sehnen muß sich darin abdrücken. Die Gestalt mag nun schön oder häßlich seyn, sie hat einmal das Recht zu seyn wie sie ist, wir sind nicht berechtigt ihr ein Röcklein nach Belieben zuzuschneiden. Wir werden den Leuten, welche über die nackten Schultern der allerliebsten Sünderin Frankreich den Nonnenschleier werfen wollen, auf die Finger schlagen.

Wir wollen nackte Götter, Bachantinnen, olympische Spiele und von melodischen Lippen: ach, die gliederlösende, böse Liebe!

Wir wollen den Römern nicht verwehren sich in die Ecke zu setzen und Rüben zu kochen aber sie sollen uns keine Gladiatorspiele mehr geben wollen.

Der göttliche Epicur und die Venus mit dem schönen Hintern müssen statt der Heiligen Marat und Chalier die Thürsteher der Republik werden.

Danton du wirst den Angriff im Convent machen.

DANTON. Ich werde, du wirst, er wird. Wenn wir bis dahin noch leben, sagen die alten Weiber. Nach einer Stunde werden sechzig Minuten verflossen seyn. Nicht wahr mein Junge?

CAMILLE. Was soll das hier? das versteht sich von selbst.

DANTON. Oh, es versteht sich Alles von selbst. Wer soll denn all die schönen Dinge ins Werk setzen?

PHILIPPEAU. Wir und die ehrlichen Leute.

DANTON. Das *und* dazwischen ist ein langes Wort, es hält uns ein wenig weit auseinander, die Strecke ist lang, die Ehrlichkeit verliert den Athem eh wir zusammen kommen. Und wenn auch! – den ehrlichen Leuten kann man Geld leihen, man kann bey ihnen Gevatter stehn und seine Töchter an sie verheirathen, aber das ist Alles!

CAMILLE. Wenn du das weißt, warum hast du den Kampf begonnen?

DANTON. Die Leute waren mir zuwider. Ich konnte dergleichen gespreizte Catonen nie ansehn, ohne ihnen einen Tritt zu geben. Mein Naturell ist einmal so. *Er erhebt sich.*

JULIE. Du gehst?

DANTON *zu Julie.* Ich muß fort, sie reiben mich mit ihrer Politik noch auf.

Im Hinausgehn. Zwischen Thür und Angel will ich euch prophezeien: die Statue der Freiheit ist noch nicht gegossen, der Ofen glüht, wir Alle können uns noch die Finger dabey verbrennen. *Ab.*

CAMILLE. Laßt ihn, glaubt ihr er könne die Finger davon lassen, wenn es zum Handeln kömmt?

HÉRAULT. Ja, aber bloß zum Zeitvertreib, wie man Schach spielt.

I, 2 EINE GASSE

Simon. Sein Weib.

SIMON *schlägt das Weib.* Du Kuppelpelz, du runzliche Sublimatpille, du wurmstichischer Sündenapfel!

WEIB. He Hülfe! Hülfe!

Es kommen LEUTE *gelaufen.* Reißt sie auseinander! reißt sie auseinander!

SIMON. Nein, laßt mich Römer, zerschellen will ich dieß Geripp! Du Vestalin!

WEIB. Ich eine Vestalin? das will ich sehen, ich.

SIMON. So reiß ich von den Schultern dein Gewand,
Nackt in die Sonne schleudr' ich dann dein Aas.
Du Hurenbett, in jeder Runzel deines Leibes nistet Unzucht.
Sie werden getrennt.

ERSTER BÜRGER. Was giebt's?

SIMON. Wo ist die Jungfrau? sprich! Nein, so kann ich nicht sagen. Das Mädchen! nein auch das nicht; die Frau, das Weib! auch das, auch das nicht! Nur noch ein Name! oh der erstickt mich! Ich habe keinen Athem dafür.

ZWEITER BÜRGER. Das ist gut sonst würde der Name nach Schnaps riechen.

SIMON. Alter Virginius verhülle dein kahl Haupt. Der Rabe Schande sizt darauf und hackt nach deinen Augen. Gebt mir ein Messer, Römer! *Er sinkt um.*

WEIB. Ach, er ist sonst ein braver Mann, er kann nur nicht viel vertragen, der Schnaps stellt ihm gleich ein Bein.

ZWEITER BÜRGER. Dann geht er mit dreien.

WEIB. Nein, er fällt.

ZWEITER BÜRGER. Richtig, erst geht er mit dreien und dann fällt er auf das dritte, bis das dritte selbst wieder fällt.

SIMON. Du bist die Vampyrzunge die mein wärmstes Herzblut trinkt.

WEIB. Laßt ihn nur, das ist so die Zeit, worin er immer gerührt wird, es wird sich schon geben.

ERSTER BÜRGER. Was giebts denn?

WEIB. Seht ihr, ich saß da so auf dem Stein in der Sonne und wärmte mich seht ihr, denn wir haben kein Holz, seht ihr ...

ZWEITER BÜRGER. So nimm deines Mannes Nase.

WEIB. ... und meine Tochter war da hinunter gegangen um die Ecke, sie ist ein braves Mädchen und ernährt ihre Eltern.

SIMON. Ha sie bekennt!

WEIB. Du Judas, hättest du nur ein Paar Hosen hinaufzuziehen, wenn die jungen Herren die Hosen nicht bey ihr hinunterließen? Du Brantweinfaß, willst du verdursten, wenn das Brünnlein zu laufen aufhört, he? Wir arbeiten mit allen Gliedern warum denn nicht auch damit; ihre Mutter hat damit geschafft wie sie zur Welt kam und es hat ihr weh gethan, kann sie für ihre Mutter nicht auch damit schaffen, he? und thut's ihr auch weh dabey, he? Du Dummkopf!

SIMON. Ha Lucrecia! ein Messer, gebt mir ein Messer, Römer! Ha Appius Claudius!

ERSTER BÜRGER. Ja ein Messer, aber nicht für die arme Hure, was that sie? Nichts! Ihr Hunger hurt und bettelt. Ein Messer für die Leute, die das Fleisch unserer Weiber und Töchter kaufen! Weh über die, so mit den Töchtern des Volkes huren! Ihr habt Kollern im Leib und sie haben Magendrücken, ihr habt Löcher in den Jacken und sie haben warme Röcke, ihr habt Schwielen in den Fäusten und sie haben Sammthände. Ergo ihr arbeitet und sie thun nichts, ergo ihr habt's erworben und sie haben's gestohlen; ergo, wenn ihr von eurem gestohlnen Eigenthum ein paar Heller wieder haben wollt, müßt ihr huren und bettlen; ergo sie sind Spitzbuben und man muß sie todtschlagen.

DRITTER BÜRGER. Sie haben kein Blut in den Adern, als was sie uns ausgesaugt haben. Sie haben uns gesagt: schlagt die Aristocraten todt, das sind Wölfe! Wir haben die Aristocraten an die Laternen gehängt. Sie haben gesagt das Veto frißt euer Brot, wir haben das Veto todtgeschlagen. Sie haben gesagt die Girondisten hungern euch aus, wir haben die Girondisten guillotinirt. Aber sie haben die Todten ausgezogen und wir laufen wie zuvor auf nackten Beinen und frieren. Wir wollen ihnen die Haut von den Schenkeln ziehen und uns Hosen daraus machen, wir wollen ihnen das Fett auslassen und unsere Suppen mit schmelzen. Fort! Todtgeschlagen, wer kein Loch im Rock hat!

ERSTER BÜRGER. Todtgeschlagen, wer lesen und schreiben kann!

ZWEITER BÜRGER. Todtgeschlagen, wer auswärts geht!

ALLE *schreien*. Todtgeschlagen, todtgeschlagen!

Einige schleppen einen jungen Menschen herbey.

EINIGE STIMMEN. Er hat ein Schnupftuch! ein Aristocrat! an die Laterne! an die Laterne!

ZWEITER BÜRGER. Was? er schneuzt sich die Nase nicht mit den Fingern? An die Laterne! *Eine Laterne wird herunter gelassen.*

JUNGER MENSCH. Ach meine Herren!

ZWEITER BÜRGER. Es giebt hier keine Herren! An die Laterne!

EINIGE *singen.*

Die da liegen in der Erden,
Von de Würm gefresse werden.
Besser hangen in der Luft,
Als verfaulen in der Gruft!

JUNGER MENSCH. Erbarmen!

DRITTER BÜRGER. Nur ein Spielen mit einer Hanflocke um den Hals! S'ist nur ein Augenblick, wir sind barmherziger als ihr. Unser Leben ist der Mord durch Arbeit, wir hängen sechzig Jahre lang am Strick und zapplen, aber wir werden uns losschneiden.

An die Laterne!

JUNGER MENSCH. Meinetwegen, ihr werdet deßwegen nicht heller sehen!

DIE UMSTEHENDEN. Bravo, bravo!

EINIGE STIMMEN. Laßt ihn laufen! *Er entwischt.*

Robespierre tritt auf, begleitet von Weibern und Ohnehosen.

ROBESPIERRE. Was giebt's da Bürger?

DRITTER BÜRGER. Was wird's geben? Die paar Tropfen Bluts vom August und September haben dem Volk die Backen nicht roth gemacht. Die Guillotine ist zu langsam. Wir brauchen einen Platzregen.

ERSTER BÜRGER. Unsere Weiber und Kinder schreien nach Brod, wir wollen sie mit Aristocratenfleisch füttern. Heh! todtgeschlagen wer kein Loch im Rock hat.

ALLE. Todtgeschlagen! todtgeschlagen!

ROBESPIERRE. Im Namen des Gesetzes!

ERSTER BÜRGER. Was ist das Gesetz?

ROBESPIERRE. Der Wille des Volks.

ERSTER BÜRGER. Wir sind das Volk und wir wollen, daß kein Gesetz sey; ergo ist dießer Wille das Gesetz, ergo im Namen des Gesetzes giebts kein Gesetz mehr, ergo todtgeschlagen!

EINIGE STIMMEN. Hört den Aristides, hört den Unbestechlichen!

EIN WEIB. Hört den Messias, der gesandt ist zu wählen und zu richten; er wird die Bösen mit der Schärfe des Schwertes schlagen. Seine Augen sind die Augen der Wahl, seine Hände sind die Hände des Gerichts!

ROBESPIERRE. Armes, tugendhaftes Volk! Du thust deine Pflicht, du opferst deine Feinde. Volk du bist groß. Du offenbarst dich unter Blitzstrahlen und Donnerschlägen. Aber Volk deine Streiche dürfen deinen eignen Leib nicht verwunden, du mordest dich selbst in deinem Grimm. Du kannst nur durch deine eigne Kraft fallen. Das wissen deine Feinde. Deine Gesetzgeber wachen, sie werden deine Hände führen, ihre Augen sind untrügbar, deine Hände sind unentrinnbar. Kommt mit zu den Jacobinern. Eure Brüder werden euch ihre Arme öffnen, wir werden ein Blutgericht über unsere Feinde halten.

VIELE STIMMEN. Zu den Jacobinern! Es lebe Robespierre!
Alle ab.

SIMON. Weh mir, verlassen! *Er versucht sich aufzurichten.*
WEIB. Da! *Sie unterstützt ihn.*
SIMON. Ach meine Baucis, du sammelst Kohlen auf mein Haupt.
WEIB. Da steh!
SIMON. Du wendest dich ab? Ha, kannst du mir vergeben, Porcia? Schlug ich dich? Das war nicht meine Hand, war nicht mein Arm, mein Wahnsinn that es.

Sein Wahnsinn ist des armen Hamlet Feind.
Hamlet that's nicht, Hamlet verläugnet's.

Wo ist unsre Tochter, wo ist mein Sannchen?
WEIB. Dort um das Eck herum.
SIMON. Fort zu ihr, komm mein tugendreich Gemahl.
Beyde ab.

I, 3 DER JACOBINERKLUBB

EIN LYONER. Die Brüder von Lyon senden uns um in eure Brust ihren bittern Unmuth auszuschütten. Wir wissen nicht ob der Karren, auf dem Ronsin zur Guillotine fuhr, der Todtenwagen der Freiheit war, aber wir wissen, daß seit jenem Tage die Mörder Chaliers wieder so fest auf den Boden treten, als ob es kein Grab für sie gäbe. Habt ihr vergessen, daß Lyon ein Flekken auf dem Boden Frankreichs ist, den man mit den Gebeinen der Verräther zudecken muß? Habt ihr vergessen, daß dieße Hure der Könige ihren Aussatz nur in dem Wasser der Rhone abwaschen kann? Habt ihr vergessen, daß dießer revolutionäre Strom die Flotten Pitts im Mittelmeere auf den Leichen der Aristocraten muß stranden machen? Eure Barmherzigkeit mordet die Revolution. Der Athemzug eines Aristocraten ist das Röcheln der Freiheit. Nur ein Feigling stirbt für die Republik, ein Jacobiner tödtet für sie. Wißt, finden wir in euch nicht mehr die Spannkraft der Männer des 10. August, des September und des 31. May, so bleibt uns, wie dem Patrioten Gaillard nur der Dolch des Cato. *Beifall und verwirrtes Geschrei.*

EIN JACOBINER. Wir werden den Becher des Socrates mit euch trinken!

LEGENDRE *schwingt sich auf die Tribüne.* Wir haben nicht nöthig unsere Blicke auf Lyon zu werfen. Die Leute, die seidne Kleider tragen, die in Kutschen fahren, die in den Logen im Theater sitzen und nach dem Dictionnär der Academie sprechen, tragen seit einigen Tagen die Köpfe fest auf den Schultern. Sie sind witzig und sagen man müsse Marat und Chalier zu einem doppelten Märtyrerthum verhelfen und sie in effigie guillotiniren. *Heftige Bewegung in der Versammlung.*

EINIGE STIMMEN. Das sind todte Leute. Ihre Zunge guillotinirt sie.

LEGENDRE. Das Blut dießer Heiligen komme über sie. Ich frage die anwesenden Mitglieder des Wohlfahrtsausschusses, seit wann ihre Ohren so taub geworden sind …

COLLOT D'HERBOIS *unterbricht ihn.* Und ich frage dich Legendre, wessen Stimme solchen Gedanken Athem giebt, daß sie lebendig werden und zu sprechen wagen? Es ist Zeit die Masken abzureißen. Hört! die Ursache verklagt ihre Wirkung, der Ruf sein Echo, der Grund seine Folge. Der Wohlfahrtsausschuß versteht mehr Logik, Legendre! Sey ruhig. Die Büsten der Heiligen werden unberührt bleiben, sie werden wie Medusenhäupter die Verräther in Stein verwandlen.

ROBESPIERRE. Ich verlange das Wort.

DIE JACOBINER. Hört, hört den Unbestechlichen!

ROBESPIERRE. Wir warteten nur auf den Schrei des Unwillens, der von allen Seiten ertönt, um zu sprechen. Unsere Augen waren offen, wir sahen den Feind sich rüsten und sich erheben, aber wir haben das Lärmzeichen nicht gegeben, wir ließen das Volk sich selbst bewachen, es hat nicht geschlafen, es hat an die Waffen geschlagen. Wir ließen den Feind aus seinem

Hinterhalt hervorbrechen, wir ließen ihn anrücken, jezt steht er frei und ungedeckt in der Helle des Tages, jeder Streich wird ihn treffen, er ist todt, sobald ihr ihn erblickt habt.
Ich habe es euch schon einmal gesagt: in zwei Abtheilungen, wie in zwei Heereshaufen sind die inneren Feinde der Republik zerfallen. Unter Bannern von verschiedener Farbe und auf den verschiedensten Wegen eilen sie alle dem nämlichen Ziele zu. Die eine dießer Factionen ist nicht mehr. In ihrem affectirten Wahnsinn suchte sie die erprobtesten Patrioten als abgenuzte Schwächlinge bey Seite zu werfen um die Republik ihrer kräftigsten Arme zu berauben. Sie erklärte der Gottheit und dem Eigenthum den Krieg um eine Diversion zu Gunsten der Könige zu machen. Sie parodirte das erhabne Drama der Revolution um dieselbe durch studirte Ausschweifungen bloß zu stellen. Héberts Triumph hätte die Republik in ein Chaos verwandelt und der Despotismus war befriedigt. Das Schwert des Gesetzes hat den Verräther getroffen. Aber was liegt den Fremden daran, wenn ihnen Verbrecher einer anderen Gattung zur Erreichung des nämlichen Zwecks bleiben? Wir haben nichts gethan, wenn wir noch eine andere Faction zu vernichten haben.
Sie ist das Gegentheil der vorhergehenden. Sie treibt uns zur Schwäche, ihr Feldgeschrei heißt: Erbarmen! Sie will dem Volk seine Waffen und die Kraft, welche die Waffen führt, entreißen um es nackt und entnervt den Königen zu überantworten.
Die Waffe der Republik ist der Schrecken, die Kraft der Republik ist die Tugend. Die Tugend, weil ohne sie der Schrecken verderblich, der Schrecken, weil ohne ihn die Tugend ohnmächtig ist. Der Schrecken ist ein Ausfluß der Tugend, er ist nichts anders als die schnelle, strenge und unbeugsame Gerechtigkeit. Sie sagen der Schrecken sey die Waffe einer despotischen Regierung, die unsrige gliche also dem Despotismus. Freilich, aber so wie das Schwert in den Händen eines Freiheitshelden dem Säbel gleicht, womit der Satellit der Tyrannen bewaffnet ist. Regire der Despot seine thierähnlichen Un-

terthanen durch den Schrecken, er hat Recht als Despot, zerschmettert durch den Schrecken die Feinde der Freiheit und ihr habt als Stifter der Republik nicht minder Recht. Die Revolutionsregirung ist der Despotismus der Freiheit gegen die Tyrannei.
Erbarmen mit den Royalisten! rufen gewisse Leute. Erbarmen mit Bösewichtern? Nein! Erbarmen für die Unschuld, Erbarmen für die Schwäche, Erbarmen für die Unglücklichen, Erbarmen für die Menschheit. Nur dem friedlichen Bürger gebührt von Seiten der Gesellschaft Schutz. In einer Republik sind nur Republicaner Bürger, Royalisten und Fremde sind Feinde. Die Unterdrücker der Menschheit bestrafen ist Gnade, ihnen verzeihen ist Barbarei. Alle Zeichen einer falschen Empfindsamkeit, scheinen mir Seufzer, welche nach England oder nach Östreich fliegen.
Aber nicht zufrieden den Arm des Volks zu entwaffnen, sucht man noch die heiligsten Quellen seiner Kraft durch das Laster zu vergiften. Dieß ist der feinste, gefährlichste und abscheulichste Angriff auf die Freiheit. Das Laster ist das Cainszeichen des Aristocratismus. In einer Republik ist es nicht nur ein moralisches sondern auch ein politisches Verbrechen; der Lasterhafte ist der politische Feind der Freiheit, er ist ihr um so gefährlicher je größer die Dienste sind, die er ihr scheinbar erwiesen. Der gefährlichste Bürger ist derjenige, welcher leichter ein Dutzend rothe Mützen verbraucht, als eine gute Handlung vollbringt.
Ihr werdet mich leicht verstehen, wenn ihr an Leute denkt, welche sonst in Dachstuben lebten und jezt in Carossen fahren und mit ehemaligen Marquisinnen und Baronessen Unzucht treiben. Wir dürfen wohl fragen, ist das Volk geplündert oder sind die Goldhände der Könige gedrückt worden, wenn wir Gesetzgeber des Volks mit allen Lastern und allem Luxus der ehemaligen Höflinge Parade machen, wenn wir dieße Marquis und Grafen der Revolution reiche Weiber heirathen, üppige Gastmähler geben, spielen, Diener halten und kostbare

Kleider tragen sehen? Wir dürfen wohl staunen, wenn wir sie Einfälle haben, Schöngeistern und so etwas vom guten Ton bekommen hören. Man hat vor Kurzem auf eine unverschämte Weise den Tacitus parodirt, ich könnte mit dem Sallust antworten und den Catilina travestiren; doch ich denke, ich habe keine Striche mehr nöthig, die Portraits sind fertig.

Keinen Vertrag, keinen Waffenstillstand mit den Menschen, welche nur auf Ausplündrung des Volkes bedacht waren, welche dieße Ausplündrung ungestraft zu vollbringen hofften, für welche die Republik eine Speculation und die Revolution ein Handwerk war. In Schrecken gesezt durch den reißenden Strom der Beispiele suchen sie ganz leise die Gerechtigkeit abzukühlen. Man sollte glauben, jeder sage zu sich selbst: »Wir sind nicht tugendhaft genug um so schrecklich zu seyn. Philosophische Gesetzgeber erbarmt euch unsrer Schwäche, ich wage euch nicht zu sagen, daß ich lasterhaft bin, ich sage euch also lieber, seyd nicht grausam!«

Beruhige dich tugendhaftes Volk, beruhigt euch ihr Patrioten, sagt euern Brüdern zu Lyon, das Schwert des Gesetzes roste nicht in den Händen, denen ihr es anvertraut habt. – Wir werden der Republik ein großes Beispiel geben. *Allgemeiner Beifall.*

VIELE STIMMEN. Es lebe die Republik, es lebe Robespierre!

PRAESIDENT. Die Sitzung ist aufgehoben.

I, 4 EINE GASSE

Lacroix. Legendre.

LACROIX. Was hast du gemacht Legendre, weißt du auch, wem du mit deinen Büsten den Kopf herunter wirfst?

LEGENDRE. Einigen Stutzern und eleganten Weibern, das ist Alles.

LACROIX. Du bist ein Selbstmörder, ein Schatten, der sein Original und somit sich selbst ermordet.

LEGENDRE. Ich begreife nicht.

LACROIX. Ich dächte Collot hätte deutlich gesprochen.

LEGENDRE. Was macht das? Er war wieder betrunken.

LACROIX. Narren, Kinder und – nun? – Betrunkne sagen die Wahrheit. Wen glaubst du denn, daß Robespierre mit dem Catilina gemeint habe?

LEGENDRE. Nun?

LACROIX. Die Sache ist einfach, man hat die Atheisten und Ultrarevolutionärs aufs Schafott geschickt; aber dem Volk ist nicht geholfen es läuft noch barfuß in den Gassen und will sich aus Aristocratenleder Schuhe machen. Der Guillotinenthermometer darf nicht fallen, noch einige Grade und der Wohlfahrtsausschuß kann sich sein Bett auf dem Revolutionsplatz suchen.

LEGENDRE. Was haben damit meine Büsten zu schaffen?

LACROIX. Siehst du's noch nicht? Du hast die Contrerevolution officiell bekannt gemacht, du hast die Decemvirn zur Energie gezwungen, du hast ihnen die Hand geführt. Das Volk ist ein Minotaurus, der wöchentlich seine Leichen haben muß, wenn er sie nicht auffressen soll.

LEGENDRE. Wo ist Danton?

LACROIX. Was weiß ich? Er sucht eben die mediceische Venus stückweise bey allen Grisetten des palais royal zusammen, er macht Mosaik, wie er sagt; der Himmel weiß bey welchem Glied er gerade ist. Es ist ein Jammer, daß die Natur die Schönheit, wie Medea ihren Bruder, zerstückelt und sie so in Fragmenten in die Körper gesenkt hat. Gehn wir ins palais royal. *Beyde ab.*

I, 5 EIN ZIMMER

Danton. Marion.

MARION. Nein, laß mich! So zu deinen Füßen. Ich will dir erzählen.

DANTON. Du könntest deine Lippen besser gebrauchen.

MARION. Nein laß mich einmal so. Meine Mutter war eine kluge Frau, sie sagte mir immer die Keuschheit sey eine schöne Tugend, wenn Leute in's Haus kamen und von manchen Dingen zu sprechen anfingen, hieß sie mich aus dem Zimmer gehn; frug ich was die Leute gewollt hätten so sagte sie mir ich solle mich schämen; gab sie mir ein Buch zu lesen so mußt ich fast immer einige Seiten überschlagen. Aber die Bibel las ich nach Belieben, da war Alles heilig, aber es war etwas darin, was ich nicht begriff, ich mochte auch niemand fragen; ich brütete über mir selbst. Da kam der Frühling, es gieng überall etwas um mich vor, woran ich keinen Theil hatte. Ich gerieth in eine eigne Atmosphäre, sie erstickte mich fast, ich betrachtete meine Glieder, es war mir manchmal, als wäre ich doppelt und verschmölze dann wieder in Eins. Ein junger Mensch kam zu der Zeit in's Haus, er war hübsch und sprach oft tolles Zeug, ich wußte nicht recht, was er wollte, aber ich mußte lachen. Meine Mutter hieß ihn öfters kommen, das war uns Beyden recht. Endlich sahen wir nicht ein, warum wir nicht eben so gut zwischen zwei Bettüchern bei einander liegen, als auf zwei Stühlen neben einander sitzen durften. Ich fand dabey mehr Vergnügen, als bey seiner Unterhaltung und sah nicht ab, warum man mir das geringere gewähren und das größere entziehen wollte. Wir thaten's heimlich. Das gieng so fort. Aber ich wurde wie ein Meer, was Alles verschlang und sich tiefer und tiefer wühlte. Es war für mich nur ein Gegensatz da, alle Männer verschmolzen in einen Leib. Meine Natur war einmal so, wer kann da drüber hinaus? Endlich merkt' er's. Er kam eines Morgens und küßte mich, als wollte er mich erstikken, seine Arme schnürten sich um meinen Hals, ich war in unsäglicher Angst. Da ließ er mich los und lachte und sagte: er hätte fast einen dummen Streich gemacht, ich solle mein Kleid nur behalten und es brauchen, es würde sich schon von selbst abtragen, er wolle mir den Spaß nicht vor der Zeit verderben, es wäre doch das Einzige, was ich hätte. Dann gieng er, ich wußte wieder nicht was er wollte. Den Abend saß ich am Fenster, ich bin sehr reizbar und hänge mit Allem um mich nur durch eine Empfindung zusammen, ich versank in die Wellen der Abendröthe. Da kam ein Haufe die Straße herab, die Kinder liefen voraus, die Weiber sahen aus den Fenstern. Ich sah hinunter, sie trugen ihn in einem Korb vorbey, der Mond schien auf seine bleiche Stirn, seine Locken waren feucht, er hatte sich ersäuft. Ich mußte weinen. Das war der einzige Bruch in meinem Wesen. Die andern Leute haben Sonn- und Werktage, sie arbeiten sechs Tage und beten am siebenten, sie sind jedes Jahr auf ihren Geburtstag einmal gerührt und denken jedes Jahr auf Neujahr einmal nach. Ich begreife nichts davon. Ich kenne keinen Absatz, keine Veränderung. Ich bin immer nur Eins. Ein ununterbrochnes Sehnen und Fassen, eine Gluth, ein Strom. Meine Mutter ist vor Gram gestorben, die Leute weisen mit Fingern auf mich. Das ist dumm. Es läuft auf eins hinaus, an was man seine Freude hat, an Leibern, Christusbildern, Blumen oder Kinderspielsachen, es ist das nemliche Gefühl, wer am Meisten genießt, betet am Meisten.

DANTON. Warum kann ich deine Schönheit nicht ganz in mich fassen, sie nicht ganz umschließen?

MARION. Danton, deine Lippen haben Augen.

DANTON. Ich möchte ein Theil des Aethers seyn, um dich in meiner Fluth zu baden, um mich auf jeder Welle deines schönen Leibes zu brechen.

Lacroix, Adelaide, Rosalie treten ein.

LACROIX *bleibt in der Thür stehn.* Ich muß lachen, ich muß lachen.

DANTON *unwillig.* Nun?

LACROIX. Die Gasse fällt mir ein.

DANTON. Und?

LACROIX. Auf der Gasse waren Hunde, eine Dogge und ein Bologneser Schooßhündlein, die quälten sich.

DANTON. Was soll das?

LACROIX. Das fiel mir nun grade so ein und da mußt' ich lachen.

Es sah erbaulich aus! Die Mädel guckten aus den Fenstern, man sollte vorsichtig seyn und sie nicht einmal in der Sonne sitzen lassen, die Mücken treiben's ihnen sonst auf den Händen, das macht Gedanken.
Legendre und ich sind fast durch alle Zellen gelaufen, die Nönnlein von der Offenbarung durch das Fleisch hingen uns an den Rockschößen und wollten den Segen. Legendre giebt einer die Disciplin, aber er wird einen Monat dafür zu fasten bekommen. Da bringe ich zwei von den Priesterinnen mit dem Leib.

MARION. Guten Tag, demoiselle Adelaide, guten Tag, demoiselle Rosalie.

ROSALIE. Wir hatten schon lange nicht das Vergnügen.

MARION. Es war mir recht leid.

ADELAIDE. Ach Gott, wir sind Tag und Nacht beschäftigt.

DANTON *zu Rosalie*. Ey Kleine, du hast ja geschmeidige Hüften bekommen.

ROSALIE. Ach ja, man vervollkommnet sich täglich.

LACROIX. Was ist der Unterschied zwischen dem antiken und einem modernen Adonis?

DANTON. Und Adelaide ist sittsam interessant geworden! eine pikante Abwechslung. Ihr Gesicht sieht aus wie ein Feigenblatt, das sie sich vor den ganzen Leib hält. So ein Feigenbaum an einer so gangbaren Straße giebt einen erquicklichen Schatten.

ADELAIDE. Ich wäre ein Heerdweg, wenn Monsieur …

DANTON. Ich verstehe, nur nicht böse mein Fräulein.

LACROIX. So höre doch, ein moderner Adonis wird nicht von einem Eber, sondern von Säuen zerrissen, er bekommt seine Wunde nicht am Schenkel sondern in den Leisten und aus seinem Blut sprießen nicht Rosen hervor sondern schießen Quecksilberblüthen an.

DANTON. Fräulein Rosalie ist ein restaurirter Torso, woran nur die Hüften und Füße antik sind. Sie ist eine Magnetnadel, was der Pol Kopf abstößt, zieht der Pol Fuß an, die Mitte ist ein Aequator, wo jeder eine Sublimattaufe bekömmt, der die Linie passirt.

LACROIX. Zwei barmherzige Schwestern, jede dient in einem Spital d.h. in ihrem eignen Körper.

ROSALIE. Schämen Sie sich, unsere Ohren roth zu machen!

ADELAIDE. Sie sollten mehr Lebensart haben.

Adelaide und Rosalie ab.

DANTON. Gute Nacht, ihr hübschen Kinder!

LACROIX. Gute Nacht, ihr Quecksilbergruben!

DANTON. Sie dauern mich, sie kommen um ihr Nachtessen.

LACROIX. Höre Danton, ich komme von den Jacobinern.

DANTON. Nichts weiter?

LACROIX. Die Lyoner verlasen eine Proclamation, sie meinten es bliebe ihnen nichts übrig, als sich in die Toga zu wickeln. Jeder machte ein Gesicht, als wollte er zu seinem Nachbar sagen: Paetus es schmerzt nicht! Legendre schrie man wolle Chaliers und Marats Büsten zerschlagen; ich glaube er will sich das Gesicht wieder roth machen, er ist ganz aus der terreur herausgekommen, die Kinder zupfen ihn auf der Gasse am Rock.

DANTON. Und Robespierre?

LACROIX. Fingerte auf der Tribüne und sagte: die Tugend muß durch den Schrecken herrschen. Die Phrase machte mir Halsweh.

DANTON. Sie hobelt Bretter für die Guillotine.

LACROIX. Und Collot schrie wie besessen, man müsse die Masken abreißen.

DANTON. Da werden die Gesichter mitgehen.

Paris tritt ein.

LACROIX. Was giebt's Fabricius?

PARIS. Von den Jacobinern weg gieng ich zu Robespierre. Ich verlangte eine Erklärung. Er suchte eine Miene zu machen, wie Brutus, der seine Söhne opfert. Er sprach im Allgemeinen von den Pflichten, sagte der Freiheit gegenüber kenne er keine Rücksicht, er würde Alles opfern, sich, seinen Bruder, seine Freunde.

DANTON. Das war deutlich, man braucht nur die Scala herumzukehren, so steht er unten und hält seinen Freunden die Leiter. Wir sind Legendre Dank schuldig, er hat sie sprechen gemacht.

LACROIX. Die Hébertisten sind noch nicht todt, das Volk ist materiell elend, das ist ein furchtbarer Hebel. Die Schaale des Blutes darf nicht steigen, wenn sie dem Wohlfahrtsausschuß nicht zur Laterne werden soll, er hat Ballast nöthig, er braucht einen schweren Kopf.

DANTON. Ich weiß wohl, – die Revolution ist wie Saturn, sie frißt ihre eignen Kinder. *Nach einigem Besinnen.* Doch, sie werden's nicht wagen.

LACROIX. Danton, du bist ein todter Heiliger, aber die Revolution kennt keine Reliquien, sie hat die Gebeine aller Könige auf die Gasse und alle Bildsäulen von den Kirchen geworfen. Glaubst du man würde dich als Monument stehen lassen?

DANTON. Mein Name! das Volk!

LACROIX. Dein Name! du bist ein Gemäßigter, ich bin einer, Camille, Philippeau, Hérault. Für das Volk sind Schwäche und Mäßigung eins. Es schlägt die Nachzügler todt. Die Schneider von der Section der rothen Mütze werden die ganze römische Geschichte in ihrer Nadel fühlen, wenn der Mann des September ihnen gegenüber ein Gemäßigter war.

DANTON. Sehr wahr, und außerdem – das Volk ist wie ein Kind, es muß Alles zerbrechen, um zu sehen was darin steckt.

LACROIX. Und außerdem Danton, sind wir lasterhaft, wie Robespierre sagt d.h. wir genießen, und das Volk ist tugendhaft d.h. es genießt nicht, weil ihm die Arbeit die Genußorgane stumpf macht, es besäuft sich nicht, weil es kein Geld hat und es geht nicht ins Bordel, weil es nach Käs und Hering aus dem Hals stinkt und die Mädel davor einen Ekel haben.

DANTON. Es haßt die Genießenden, wie ein Eunuch die Männer.

LACROIX. Man nennt uns Spitzbuben und *sich zu den Ohren Dantons neigend* es ist, unter uns gesagt, so halbwegs was Wahres dran. Robespierre und das Volk werden tugendhaft seyn, St. Just wird einen Roman schreiben und Barrère wird eine Carmagnole schneidern und dem Convent das Blutmäntelchen umhängen und – ich sehe Alles.

DANTON. Du träumst. Sie hatten nie Muth ohne mich, sie werden keinen gegen mich haben; die Revolution ist noch nicht fertig, sie könnten mich noch nöthig haben, sie werden mich im Arsenal aufheben.

LACROIX. Wir müssen handeln.

DANTON. Das wird sich finden.

LACROIX. Es wird sich finden, wenn wir verloren sind.

MARION *zu Danton.* Deine Lippen sind kalt geworden, deine Worte haben deine Küsse erstickt.

DANTON *zu Marion.* So viel Zeit zu verlieren! Das war der Mühe werth! *Zu Lacroix.* Morgen geh' ich zu Robespierre, ich werde ihn ärgern, da kann er nicht schweigen. Morgen also! Gute Nacht meine Freunde, gute Nacht, ich danke euch.

LACROIX. Packt euch, meine guten Freunde. Packt euch! Gute Nacht Danton, die Schenkel der Demoiselle guillotiniren dich, der mons Veneris wird dein tarpejischer Fels.
Ab.

I, 6 EIN ZIMMER

Robespierre. Danton. Paris.

ROBESPIERRE. Ich sage dir, wer mir in den Arm fällt, wenn ich das Schwert ziehe, ist mein Feind, seine Absicht thut nichts zur Sache; wer mich verhindert mich zu vertheidigen, tödtet mich so gut, als wenn er mich angriffe.

DANTON. Wo die Nothwehr aufhört fängt der Mord an, ich sehe keinen Grund, der uns länger zum Tödten zwänge.

ROBESPIERRE. Die sociale Revolution ist noch nicht fertig, wer eine Revolution zur Hälfte vollendet, gräbt sich selbst sein Grab. Die gute Gesellschaft ist noch nicht todt, die gesunde Volkskraft muß sich an die Stelle dießer nach allen Richtungen abgekitzelten Klasse setzen. Das Laster muß bestraft werden, die Tugend muß durch den Schrecken herrschen.

DANTON. Ich verstehe das Wort Strafe nicht.

Mit deiner Tugend Robespierre! Du hast kein Geld genommen, du hast keine Schulden gemacht, du hast bey keinem Weibe geschlafen, du hast immer einen anständigen Rock getragen und dich nie betrunken. Robespierre du bist empörend rechtschaffen. Ich würde mich schämen dreißig Jahre lang mit der nämlichen Moralphysiognomie zwischen Himmel und Erde herumzulaufen bloß um des elenden Vergnügens willen Andre schlechter zu finden, als mich.

Ist denn nichts in dir, was dir nicht manchmal ganz leise, heimlich sagte, du lügst, du lügst!

ROBESPIERRE. Mein Gewissen ist rein.

DANTON. Das Gewissen ist ein Spiegel vor dem ein Affe sich quält; jeder puzt sich wie er kann, und geht auf seine eigne Art auf seinen Spaß dabey aus. Das ist der Mühe werth sich darüber in den Haaren zu liegen. Jeder mag sich wehren, wenn ein Andrer ihm den Spaß verdirbt. Hast du das Recht aus der Guillotine einen Waschzuber für die unreine Wäsche anderer Leute und aus ihren abgeschlagnen Köpfen Fleckkugeln für ihre schmuzzigen Kleider zu machen, weil du immer einen sauber gebürsteten Rock trägst? Ja, du kannst dich wehren, wenn sie dir drauf spucken oder Löcher hineinreißen, aber was geht es dich an, so lang sie dich in Ruhe lassen? Wenn sie sich nicht geniren so herum zu gehn, hast du deßwegen das Recht sie in's Grabloch zu sperren? Bist du der Policeysoldat des Himmels? Und kannst du es nicht eben so gut mit ansehn, als dein lieber Herrgott, so halte dir dein Schnupftuch vor die Augen.

ROBESPIERRE. Du leugnest die Tugend?

DANTON. Und das Laster. Es giebt nur Epicuräer und zwar grobe und feine, Christus war der feinste; das ist der einzige Unterschied, den ich zwischen den Menschen herausbringen kann. Jeder handelt seiner Natur gemäß d.h. er thut, was ihm wohl thut.

Nicht wahr Unbestechlicher, es ist grausam dir die Absätze so von den Schuhen zu treten?

ROBESPIERRE. Danton, das Laster ist zu gewissen Zeiten Hochverrath.

DANTON. Du darfst es nicht proscribiren, um's Himmelswillen nicht, das wäre undankbar, du bist ihm zu viel schuldig, durch den Contrast nämlich.

Uebrigens, um bey deinen Begriffen zu bleiben, unsere Streiche müssen der Republik nützlich seyn, man darf die Unschuldigen nicht mit den Schuldigen treffen.

ROBESPIERRE. Wer sagt dir denn, daß ein Unschuldiger getroffen worden sey?

DANTON. Hörst du Fabricius? Es starb kein Unschuldiger! *Er geht, im Hinausgehn zu Paris.* Wir dürfen keinen Augenblick verlieren, wir müssen uns zeigen! *Danton und Paris ab.*

ROBESPIERRE *allein.* Geh nur! Er will die Rosse der Revolution am Bordel halten machen, wie ein Kutscher seine dressirten Gäule; sie werden Kraft genug haben, ihn zum Revolutionsplatz zu schleifen.

Mir die Absätze von den Schuhen treten! Um bey deinen Begriffen zu bleiben! Halt! Halt! Ist's das eigentlich? Sie werden sagen seine gigantische Gestalt hätte zuviel Schatten auf mich geworfen, ich hätte ihn deßwegen aus der Sonne gehen heißen. Und wenn sie Recht hätten?

Ist's denn so nothwendig? Ja, ja! die Republik! Er muß weg. Es ist lächerlich wie meine Gedanken einander beaufsichtigen. Er muß weg. Wer in einer Masse, die vorwärts drängt, stehen bleibt, leistet so gut Widerstand als trät' er ihr entgegen; er wird zertreten.

Wir werden das Schiff der Revolution nicht auf den seichten Berechnungen und den Schlammbänken dießer Leute stranden lassen, wir müssen die Hand abhauen, die es zu halten wagt und wenn er es mit den Zähnen packte!

Weg mit einer Gesellschaft, die der todten Aristocratie die Kleider ausgezogen und ihren Aussatz geerbt hat.

Keine Tugend! Die Tugend ein Absatz meiner Schuhe! Bey meinen Begriffen!
Wie das immer wieder kommt.
Warum kann ich den Gedanken nicht los werden? Er deutet mit blutigem Finger immer da, da hin! Ich mag so viel Lappen darum wickeln als ich will, das Blut schlägt immer durch. – *Nach einer Pause.* Ich weiß nicht, was in mir das Andere belügt.
Er tritt ans Fenster. Die Nacht schnarcht über der Erde und wälzt sich im wüsten Traum. Gedanken, Wünsche kaum geahnt, wirr und gestaltlos, die scheu sich vor des Tages Licht verkrochen, empfangen jezt Form und Gewand und stehlen sich in das stille Haus des Traums. Sie öffnen die Thüren, sie sehen aus den Fenstern, sie werden halbwegs Fleisch, die Glieder strecken sich im Schlaf, die Lippen murmeln. – Und ist nicht unser Wachen ein hellerer Traum, sind wir nicht Nachtwandler, ist nicht unser Handeln, wie das im Traum, nur deutlicher, bestimmter, durchgeführter? Wer will uns darum schelten? In einer Stunde verrichtet der Geist mehr Thaten des Gedankens, als der träge Organismus unsres Leibes in Jahren nachzuthun vermag. Die Sünde ist im Gedanken. Ob der Gedanke That wird, ob ihn der Körper nachspielt, das ist Zufall.

St. Just tritt ein.

ROBESPIERRE. He, werda im Finstern? He Licht, Licht!
ST. JUST. Kennst du meine Stimme?
ROBESPIERRE. Ah, du St. Just! *Eine Dienerin bringt Licht.*
ST. JUST. Warst du allein?
ROBESPIERRE. Eben gieng Danton weg.
ST. JUST. Ich traf ihn unterwegs im palais royal. Er machte seine revolutionäre Stirn und sprach in Epigrammen; er duzte sich mit den Ohnehosen, die Grisetten liefen hinter seinen Waden drein und die Leute blieben stehn und zischelten sich in die Ohren, was er gesagt hatte.
Wir werden den Vortheil des Angriffs verlieren. Willst du

noch länger zaudern? Wir werden ohne dich handeln. Wir sind entschlossen.

ROBESPIERRE. Was wollt ihr thun?

ST. JUST. Wir berufen den Gesetzgebungs-, den Sicherheits- und den Wohlfahrtsausschuß zu feierlicher Sitzung.

ROBESPIERRE. Viel Umstände.

ST. JUST. Wir müssen die große Leiche mit Anstand begraben, wie Priester, nicht wie Mörder. Wir dürfen sie nicht zerstükken, all ihre Glieder müssen mit hinunter.

ROBESPIERRE. Sprich deutlicher.

ST. JUST. Wir müssen ihn in seiner vollen Waffenrüstung beisetzen und seine Pferde und Sclaven auf seinem Grabhügel schlachten: Lacroix –

ROBESPIERRE. Ein ausgemachter Spitzbube, gewesner Advokatenschreiber, gegenwärtig Generallieutnant von Frankreich. Weiter.

ST. JUST. Hérault-Séchelles.

ROBESPIERRE. Ein schöner Kopf.

ST. JUST. Er war der schöngemalte Anfangsbuchstaben der Constitutionsacte, wir haben dergleichen Zierrath nicht mehr nöthig, er wird ausgewischt. Philippeau, Camille –

ROBESPIERRE. Auch den?

ST. JUST *überreicht ihm ein Papier.* Das dacht' ich. Da lies!

ROBESPIERRE. Aha, ›Der alte Franziskaner‹, sonst nichts? Er ist ein Kind, er hat über euch gelacht.

ST. JUST. Lies, hier! hier! *Er zeigt ihm eine Stelle.*

ROBESPIERRE *liest.* »Dießer Blutmessias Robespierre auf seinem Kalvarienberge zwischen den beyden Schächern Couthon und Collot, auf dem er opfert und nicht geopfert wird. Die Guillotinenbetschwestern stehen wie Maria und Magdalena unten. St. Just liegt ihm wie Johannes am Herzen und macht den Convent mit den apokalyptischen Offenbarungen des Meisters bekannt, er trägt seinen Kopf wie eine Monstranz.«

ST. JUST. Ich will ihn den seinigen wie St. Denis tragen machen.

ROBESPIERRE *liest weiter.* »Sollte man glauben, daß der saubere

Frack des Messias das Leichenhemd Frankreichs ist und daß seine dünnen auf der Tribüne herumzuckenden Finger, Guillotinmesser sind?
Und du Barrère, der du gesagt hast, auf dem Revolutionsplatz werde Münze geschlagen. Doch – ich will den alten Sack nicht aufwühlen. Er ist eine Wittwe, die schon ein halb Dutzend Männer hatte und sie alle begraben half. Wer kann was dafür? Das ist so seine Gabe, er sieht den Leuten ein halbes Jahr vor dem Tode das hippocratische Gesicht an. Wer mag sich auch zu Leichen setzen und den Gestank riechen?«
Also auch du Camille?
Weg mit ihnen! Rasch! nur die Todten kommen nicht wieder. Hast du die Anklage bereit?

ST. JUST. Es macht sich leicht. Du hast die Andeutungen bey den Jacobinern gemacht.

ROBESPIERRE. Ich wollte sie schrecken.

ST. JUST. Ich brauche nur durchzuführen, die Fälscher geben das Ey und die Fremden den Apfel ab. Sie sterben an der Mahlzeit, ich gebe dir mein Wort.

ROBESPIERRE. Dann rasch, morgen. Keinen langen Todeskampf! Ich bin empfindlich seit einigen Tagen. Nur rasch! *St. Just ab.*

ROBESPIERRE *allein.* Ja wohl, Blutmessias, der opfert und nicht geopfert wird. – Er hat sie mit seinem Blut erlöst und ich erlöse sie mit ihrem eignen. Er hat sie sündigen gemacht und ich nehme die Sünde auf mich. Er hatte die Wollust des Schmerzes und ich habe die Quaal des Henkers.
Wer hat sich mehr verleugnet, Ich oder er? –
Und doch ist was von Narrheit in dem Gedanken. –
Was sehen wir nur immer nach dem Einen? Wahrlich des Menschensohn wird in uns Allen gekreuzigt, wir ringen Alle im Gethsemanegarten im blutigen Schweiß, aber es erlöst Keiner den Andern mit seinen Wunden. – Mein Camille! – Sie gehen Alle von mir – es ist Alles wüst und leer – ich bin allein.

Zweiter Act

II, 1 EIN ZIMMER

Danton, Lacroix, Philippeau, Paris, Camille Desmoulins.

CAMILLE. Rasch Danton wir haben keine Zeit zu verlieren.

DANTON *er kleidet sich an.* Aber die Zeit verliert uns.
Das ist sehr langweilig immer das Hemd zuerst und dann die Hosen drüber zu ziehen und des Abends in's Bett und Morgens wieder heraus zu kriechen und einen Fuß immer so vor den andern zu setzen, da ist gar kein Absehens wie es anders werden soll. Das ist sehr traurig und daß Millionen es schon so gemacht haben und daß Millionen es wieder so machen werden und, daß wir noch obendrein aus zwei Hälften bestehen, die beyde das Nämliche thun, so daß Alles doppelt geschieht. Das ist sehr traurig.

CAMILLE. Du sprichst in einem ganz kindlichen Ton.

DANTON. Sterbende werden oft kindisch.

LACROIX. Du stürzest dich durch dein Zögern in's Verderben, du reißest alle deine Freunde mit dir. Benachrichtige die Feiglinge, daß es Zeit ist sich um dich zu versammlen, fordere sowohl die vom Thale als die vom Berge auf. Schreie über die Tyrannei der Decemvirn, sprich von Dolchen, rufe Brutus an, dann wirst du die Tribunen erschrecken und selbst die um dich sammeln, die man als Mitschuldige Héberts bedroht. Du mußt dich deinem Zorn überlassen. Laßt uns wenigstens nicht entwaffnet und erniedrigt wie der schändliche Hébert sterben.

DANTON. Du hast ein schlechtes Gedächtniß, du nanntest mich einen todten Heiligen. Du hattest mehr Recht, als du selbst glaubtest. Ich war bey den Sectionen, sie waren ehrfurchtsvoll, aber wie Leichenbitter. Ich bin eine Reliquie und Reliquien wirft man auf die Gasse, du hattest Recht.

LACROIX. Warum hast du es dazu kommen lassen?

DANTON. Dazu? Ja wahrhaftig, es war mir zulezt langweilig. Immer im nämlichen Rock herumzulaufen und die nämlichen Falten zu ziehen! Das ist erbärmlich. So ein armseeliges Instrument zu seyn, auf dem eine Saite immer nur einen Ton angiebt!

S' ist nicht zum Aushalten. Ich wollte mir's bequem machen. Ich hab' es erreicht, die Revolution sezt mich in Ruhe, aber auf andere Weise, als ich dachte.

Uebrigens, auf was sich stützen? Unsere Huren könnten es noch mit den Guillotinenbetschwestern aufnehmen, sonst weiß ich nichts. Es läßt sich an den Fingern herzählen: die Jacobiner haben erklärt, daß die Tugend an der Tagesordnung sey, die Cordeliers nennen mich Héberts Henker, der Gemeinderath thut Buße, der Convent, – das wäre noch ein Mittel! aber es gäbe einen 31. May, sie würden nicht gutwillig weichen. Robespierre ist das Dogma der Revolution, es darf nicht ausgestrichen werden. Es gienge auch nicht. Wir haben nicht die Revolution, sondern die Revolution hat uns gemacht.

Und wenn es gienge – ich will lieber guillotinirt werden, als guillotiniren lassen. Ich hab es satt, wozu sollen wir Menschen miteinander kämpfen? Wir sollten uns nebeneinander setzen und Ruhe haben. Es wurde ein Fehler gemacht, wie wir geschaffen wurden, es fehlt uns etwas, ich habe keinen Namen dafür, wir werden es einander nicht aus den Eingeweiden herauswühlen, was sollen wir uns drum die Leiber aufbrechen? Geht, wir sind elende Alchymisten.

CAMILLE. Pathetischer gesagt würde es heißen: wie lange soll die Menschheit im ewigen Hunger ihre eignen Glieder fressen? oder, wie lange sollen wir Schiffbrüchige auf einem Wrack in unlöschbarem Durst einander das Blut aus den Adern saugen? oder, wie lange sollen wir Algebraisten im Fleisch beym Suchen nach dem unbekannten, ewig verweigerten X unsere Rechnungen mit zerfezten Gliedern schreiben?

DANTON. Du bist ein starkes Echo.

CAMILLE. Nicht wahr, ein Pistolenschuß schallt gleich wie ein

Donnerschlag. Desto besser für dich, du solltest mich immer bey dir haben.

PHILIPPEAU. Und Frankreich bleibt seinen Henkern?

DANTON. Was liegt daran? Die Leute befinden sich ganz wohl dabey. Sie haben Unglück, kann man mehr verlangen um gerührt, edel, tugendhaft oder witzig zu seyn oder um überhaupt keine Langeweile zu haben?
Ob sie nun an der Guillotine oder am Fieber oder am Alter sterben? Es ist noch vorzuziehen, sie treten mit gelenken Gliedern hinter die Coulissen und können im Abgehen noch hübsch gesticuliren und die Zuschauer klatschen hören. Das ist ganz artig und paßt für uns, wir stehen immer auf dem Theater, wenn wir auch zulezt im Ernst erstochen werden.
Es ist recht gut, daß die Lebenszeit ein wenig reducirt wird, der Rock war zu lang, unsere Glieder konnten ihn nicht ausfüllen. Das Leben wird ein Epigramm, das geht an, wer hat auch Athem und Geist genug für ein Epos in fünfzig oder sechzig Gesängen? S' ist Zeit, daß man das bißchen Essenz nicht mehr aus Zübern sondern aus Liqueurgläschen trinkt, so bekommt man doch das Maul voll, sonst konnte man kaum einige Tropfen in dem plumpen Gefäß zusammenrinnen machen.
Endlich – ich müßte schreien, das ist mir der Mühe zuviel, das Leben ist nicht die Arbeit werth, die man sich macht, es zu erhalten.

PARIS. So flieh Danton!

DANTON. Nimmt man das Vaterland an den Schuhsohlen mit? Und endlich – und das ist die Hauptsache: sie werden's nicht wagen. *Zu Camille.* Komm mein Junge, ich sage dir sie werden's nicht wagen. Adieu. Adieu! *Danton und Camille ab.*

PHILIPPEAU. Da geht er hin.

LACROIX. Und glaubt kein Wort von dem was er gesagt hat. Nichts als Faulheit! Er will sich lieber guillotiniren lassen, als eine Rede halten.

PARIS. Was thun?

LACROIX. Heim gehn und als Lucrecia auf einen anständigen Fall studiren.

II, 2 EINE PROMENADE

Spaziergänger.

EIN BÜRGER. Meine gute Jaqueline, ich wollte sagen Corn..., wollt' ich Cor...

SIMON. Cornelia, Bürger, Cornelia.

BÜRGER. Meine gute Cornelia hat mich mit einem Knäblein erfreut.

SIMON. Hat der Republik einen Sohn geboren.

BÜRGER. Der Republik, das lautet zu allgemein, man könnte sagen ...

SIMON. Das ist's gerade, das Einzelne muß sich dem Allgemeinen ...

BÜRGER. Ach ja, das sagt meine Frau auch.

BÄNKELSÄNGER. Was doch ist, was doch ist
Aller Männer Freud und Lüst?

BÜRGER. Ach mit den Namen, da komm ich gar nicht in's Reine.

SIMON. Tauf' ihn: Pike, Marat.

BÄNKELSÄNGER. Unter Kummer, unter Sorgen
Sich bemühn vom frühen Morgen
Bis der Tag vorüber ist.

BÜRGER. Ich hätte gern drei, es ist doch was mit der Zahl drei, und dann was Nützliches und was Rechtliches, jezt hab' ich's: Pflug, Robespierre.
Und dann das dritte?

SIMON. Pike.

BÜRGER. Ich dank Euch, Nachbar. Pike, Pflug, Robespierre, das sind hübsche Namen, das macht sich schön.

SIMON. Ich sage dir, die Brust deiner Cornelia, wird wie das Euter der römischen Wölfin, nein, das geht nicht, Romulus war ein Tyrann; das geht nicht. *Gehn vorbey.*

EIN BETTLER *singt.*

Eine Handvoll Erde
Und ein wenig Moos …

Liebe Herren, schöne Damen!

ERSTER HERR. Kerl arbeite, du siehst ganz wohlgenährt aus.

ZWEITER HERR. Da! *Er giebt ihm Geld.* Er hat eine Hand wie Sammt. Das ist unverschämt.

BETTLER. Mein Herr wo habt Ihr Euren Rock her?

ZWEITER HERR. Arbeit, Arbeit! Du könntest den nemlichen haben, ich will dir Arbeit geben, komm zu mir, ich wohne …

BETTLER. Herr, warum habt Ihr gearbeitet?

ZWEITER HERR. Narr, um den Rock zu haben.

BETTLER. Ihr habt Euch gequält um einen Genuß zu haben, denn so ein Rock ist ein Genuß, ein Lumpen thut's auch.

ZWEITER HERR. Freilich, sonst geht's nicht.

BETTLER. Daß ich ein Narr wäre. Das hebt einander.
Die Sonne scheint warm an das Eck und das geht ganz leicht.
Singt. Eine Handvoll Erde
Und ein wenig Moos …

ROSALIE *zu Adelaiden.* Mach fort, da kommen Soldaten, wir haben seit gestern nichts Warmes in den Leib gekriegt.

BETTLER. Ist auf dießer Erde
Einst mein letztes Loos!

Meine Herren, meine Damen!

SOLDAT. Halt! wo hinaus meine Kinder *Zu Rosalie.* Wie alt bist du?

ROSALIE. So alt wie mein kleiner Finger.

SOLDAT. Du bist sehr spitz.

ROSALIE. Und du sehr stumpf.

SOLDAT. So will ich mich an dir wetzen.
Er singt. Christinlein, lieb Christinlein mein,

Thut dir der Schaden weh, Schaden weh,
Schaden weh, Schaden weh?

ROSALIE *singt.* Ach nein, ihr Herrn Soldaten,
Ich hätt' es gerne meh, gerne meh,
Gerne meh, gerne meh!

Danton und Camille treten auf.

DANTON. Geht das nicht lustig?
Ich wittre was in der Athmosphäre, es ist als brüte die Sonne Unzucht aus.
Möchte man nicht drunter springen, sich die Hosen vom Leibe reißen und sich über den Hintern begatten wie die Hunde auf der Gasse? *Gehen vorbey.*

JUNGER HERR. Ach Madame, der Ton einer Glocke, das Abendlicht an den Bäumen, das Blinken eines Sterns …

MADAME. Der Duft einer Blume, dieße natürlichen Freuden, dießer reine Genuß der Natur! *Zu ihrer Tochter.* Sieh, Eugenie, nur die Tugend hat Augen dafür.

EUGENIE *küßt ihrer Mutter die Hand.* Ach Mama, ich sehe nur Sie!

MADAME. Gutes Kind!

JUNGER HERR *zischelt Eugenien in's Ohr.* Sehen Sie dort die hübsche Dame mit dem alten Herrn?

EUGENIE. Ich kenne sie.

JUNGER HERR. Man sagt ihr Friseur habe sie à l'enfant frisirt.

EUGENIE *lacht.* Böse Zunge!

JUNGER HERR. Der alte Herr geht neben bey, er sieht das Knöspchen schwellen und führt es in die Sonne spazieren und meint er sei der Gewitterregen, der es habe wachsen machen,

EUGENIE. Wie unanständig, ich hätte Lust roth zu werden.

JUNGER HERR. Das könnte mich blaß machen. *Gehn ab.*

DANTON *zu Camille.* Muthe mir nur nichts Ernsthaftes zu. Ich begreife nicht warum die Leute nicht auf der Gasse stehen bleiben und einander in's Gesicht lachen. Ich meine sie müßten zu den Fenstern und zu den Gräbern heraus lachen und der Himmel müsse bersten und die Erde müsse sich wälzen vor Lachen. *Gehn ab.*

ERSTER HERR. Ich versichre Sie, eine außerordendiche Entdekkung! Alle technischen Künste bekommen dadurch eine andere Physiognomie. Die Menschheit eilt mit Riesenschritten ihrer hohen Bestimmung entgegen.

ZWEITER HERR. Haben Sie das neue Stück gesehen? Ein babylonischer Thurm! Ein Gewirr von Gewölben, Treppchen, Gängen und das Alles so leicht und kühn in die Luft gesprengt. Man schwindelt bey jedem Tritt. Ein bizarrer Kopf. *Er bleibt verlegen stehn.*

ERSTER HERR. Was haben Sie denn?

ZWEITER HERR. Ach nichts! Ihre Hand, Herr! die Pfütze, so! Ich danke Ihnen. Kaum kam ich vorbey, das konnte gefährlich werden!

ERSTER HERR. Sie fürchteten doch nicht?

ZWEITER HERR. Ja, die Erde ist eine dünne Kruste, ich meine immer ich könnte durchfallen, wo so ein Loch ist.
Man muß mit Vorsicht auftreten, man könnte durchbrechen.
Aber gehn Sie in's Theater, ich rath' es Ihnen.

II, 3 EIN ZIMMER

Danton. Camille. Lucile.

CAMILLE. Ich sage euch, wenn sie nicht Alles in hölzernen Copien bekommen, verzettelt in Theatern, Concerten und Kunstausstellungen, so haben sie weder Augen noch Ohren dafür. Schnitzt Einer eine Marionette, wo man den Strick hereinhängen sieht, an dem sie gezerrt wird und deren Gelenke bey jedem Schritt in fünffüßigen Jamben krachen, welch ein Character, welche Consequenz! Nimmt Einer ein Gefühlchen, eine Sentenz, einen Begriff und zieht ihm Rock und Hosen an, macht ihm Hände und Füße, färbt ihm das Gesicht

und läßt das Ding sich drei Acte hindurch herumquälen, bis es sich zulezt verheirathet oder sich todtschießt – ein Ideal! Fiedelt Einer eine Oper, welche das Schweben und Senken im menschlichen Gemüth widergiebt wie eine Thonpfeife mit Wasser die Nachtigall – ach die Kunst!
Sezt die Leute aus dem Theater auf die Gasse: ach, die erbärmliche Wirklichkeit!
Sie vergessen ihren Herrgott über seinen schlechten Copisten. Von der Schöpfung, die glühend, brausend und leuchtend, um und in ihnen, sich jeden Augenblick neu gebiert, hören und sehen sie nichts. Sie gehen in's Theater, lesen Gedichte und Romane, schneiden den Fratzen darin die Gesichter nach und sagen zu Gottes Geschöpfen: wie gewöhnlich!
Die Griechen wußten, was sie sagten, wenn sie erzählten Pygmalions Statue sey wohl lebendig geworden, habe aber keine Kinder bekommen.

DANTON. Und die Künstler gehn mit der Natur um wie David, der im September die Gemordeten, wie sie aus der Force auf die Gasse geworfen wurden, kaltblütig zeichnete und sagte: ich erhasche die letzten Zuckungen des Lebens in dießen Bösewichtern. *Danton wird hinausgerufen.*

CAMILLE. Was sagst du Lucile?

LUCILE. Nichts, ich seh dich so gern sprechen.

CAMILLE. Hörst mich auch?

LUCILE. Ey freilich.

CAMILLE. Hab ich Recht, weißt du auch, was ich gesagt habe?

LUCILE. Nein wahrhaftig nicht. *Danton kömmt zurück.*

CAMILLE. Was hast du?

DANTON. Der Wohlfahrtsausschuß hat meine Verhaftung beschlossen. Man hat mich gewarnt und mir einen Zufluchtsort angeboten.
Sie wollen meinen Kopf, meinetwegen. Ich bin der Hudeleien überdrüssig. Mögen sie ihn nehmen. Was liegt daran? Ich werde mit Muth zu sterben wissen; das ist leichter, als zu leben.

CAMILLE. Danton, noch ist's Zeit.

DANTON. Unmöglich, – aber ich hätte nicht gedacht …

CAMILLE. Deine Trägheit!

DANTON. Ich bin nicht träg, aber müde. Meine Sohlen brennen mich.

CAMILLE. Wo gehst du hin?

DANTON. Ja, wer das wüßte!

CAMILLE. Im Ernst, wohin?

DANTON. Spazieren, mein Junge, spazieren! *Er geht.*

LUCILE. Ach Camille!

CAMILLE. Sey ruhig, lieb Kind.

LUCILE. Wenn ich denke, daß sie dieß Haupt! – Mein Camille! das ist Unsinn, gelt, ich bin wahnsinnig?

CAMILLE. Sey ruhig, Danton und ich sind nicht Eins.

LUCILE. Die Erde ist weit und es sind viel Dinge drauf, warum denn gerade das eine? Wer sollte mir's nehmen? Das wäre arg. Was wollten sie auch damit anfangen?

CAMILLE. Ich wiederhole dir, du kannst ruhig seyn. Gestern sprach ich mit Robespierre, er war freundlich. Wir sind ein wenig gespannt, das ist wahr, verschiedne Ansichten, sonst nichts!

LUCILE. Such' ihn auf.

CAMILLE. Wir saßen auf einer Schulbank. Er war immer finster und einsam. Ich allein suchte ihn auf und machte ihn zuweilen lachen. Er hat mir immer große Anhänglichkeit gezeigt. Ich gehe.

LUCILE. So schnell, mein Freund? Geh! Komm! Nur das *sie küßt ihn* und das! Geh! Geh! *Camille ab.*

Das ist eine böse Zeit. Es geht einmal so. Wer kann da drüber hinaus? Man muß sich fassen.

Singt. Ach Scheiden, ach Scheiden, ach Scheiden,
Wer hat sich das Scheiden erdacht?

Wie kommt mir gerad das in Kopf? Das ist nicht gut, daß es den Weg so von selbst findet.

Wie er hinaus ist, war mir's als könnte er nicht mehr umkehren und müsse immer weiter weg von mir, immer weiter.

Wie das Zimmer so leer ist, die Fenster stehn offen, als hätte ein Todter drin gelegen. Ich halt' es da oben nicht aus. *Sie geht.*

II, 4 FREIES FELD

DANTON. Ich mag nicht weiter. Ich mag in dießer Stille mit dem Geplauder meiner Tritte und dem Keuchen meines Athems nicht Lärmen machen. *Er setzt sich nieder, nach einer Pause.* Man hat mir von einer Krankheit erzählt, die einem das Gedächtniß verlieren mache. Der Tod soll etwas davon haben. Dann kommt mir manchmal die Hoffnung, daß er vielleicht noch kräftiger wirke und einem *Alles* verlieren mache. Wenn das wäre!

Dann lief ich wie ein Christ um meinen Feind d.h. mein Gedächtniß zu retten.

Der Ort soll sicher seyn, ja für mein Gedächtniß, aber nicht für mich, mir giebt das Grab mehr Sicherheit, es schafft mir wenigstens *Vergessen*! Es tödtet mein Gedächtniß. Dort aber lebt mein Gedächtniß und tödtet mich. Ich oder es? Die Antwort ist leicht. *Er erhebt sich und kehrt um.*

Ich kokettire mit dem Tod, es ist ganz angenehm so aus der Entfernung mit dem Lorgnon mit ihm zu liebäugeln. Eigentlich muß ich über die ganze Geschichte lachen. Es ist ein Gefühl des Bleibens in mir, was mir sagt, es wird morgen seyn, wie heute, und übermorgen und weiter hinaus ist Alles wie eben. Das ist leerer Lärm, man will mich schrecken, sie werden's nicht wagen. *Ab.*

II, 5 EIN ZIMMER

Es ist Nacht.

DANTON *am Fenster.* Will denn das nie aufhören? Wird das Licht nie ausglühn und der Schall nie modern, will's denn nie still und dunkel werden, daß wir uns die garstigen Sünden einander nicht mehr anhören und ansehen? – September! –

JULIE *ruft von innen*. Danton! Danton!

DANTON. He?

JULIE *tritt ein*. Was rufst du?

DANTON. Rief ich?

JULIE. Du sprachst von garstigen Sünden und dann stöhntest du: September!

DANTON. Ich, ich? Nein, ich sprach nicht, das dacht ich kaum, das waren nur ganz leise heimliche Gedanken.

JULIE. Du zitterst Danton.

DANTON. Und soll ich nicht zittern, wenn so die Wände plaudern? Wenn mein Leib so zerschellt ist, daß meine Gedanken unstät, umirrend mit den Lippen der Steine reden? Das ist seltsam.

JULIE. Georg, mein Georg!

DANTON. Ja Julie, das ist sehr seltsam. Ich möchte nicht mehr denken, wenn das gleich so spricht. Es giebt Gedanken Julie, für die es keine Ohren geben sollte. Das ist nicht gut, daß sie bey der Geburt gleich schreien, wie Kinder. Das ist nicht gut.

JULIE. Gott erhalte dir deine Sinne, Georg, Georg, erkennst du mich?

DANTON. Ey warum nicht, du bist ein Mensch und dann eine Frau und endlich meine Frau, und die Erde hat fünf Welttheile, Europa, Asien, Africa, America, Australien und zwei mal zwei macht vier. Ich bin bey Sinnen, siehst du. Schrie's nicht September? Sagtest du nicht so was?

JULIE. Ja Danton, durch alle Zimmer hört' ich's.

DANTON. Wie ich an's Fenster kam – *er sieht hinaus* die Stadt ist ruhig, alle Lichter aus …

JULIE. Ein Kind schreit in der Nähe.

DANTON. Wie ich an's Fenster kam – durch alle Gassen schrie und zetert' es: September!

JULIE. Du träumtest Danton. Faß dich.

DANTON. Träumtest? ja ich träumte, doch das war anders, ich

will dir es gleich sagen, mein armer Kopf ist schwach, gleich! so jezt hab ich's! Unter mir keuchte die Erdkugel in ihrem Schwung, ich hatte sie wie ein wildes Roß gepackt, mit riesigen Gliedern wühlt' ich in ihrer Mähne und preßt' ich ihre Rippen, das Haupt abwärts gebückt, die Haare flatternd über dem Abgrund. So ward ich geschleift. Da schrie ich in der Angst, und ich erwachte. Ich trat an's Fenster – und da hört' ich's Julie.

Was das Wort nur will? Warum gerade das, was hab' ich damit zu schaffen. Was streckt es nach mir die blutigen Hände? Ich hab' es nicht geschlagen.

O hilf mir Julie, mein Sinn ist stumpf. War's nicht im September Julie?

JULIE. Die Könige waren nur noch vierzig Stunden von Paris …

DANTON. Die Festungen gefallen, die Aristocraten in der Stadt …

JULIE. Die Republik war verloren.

DANTON. Ja verloren. Wir konnten den Feind nicht im Rücken lassen, wir wären Narren gewesen, zwei Feinde auf einem Brett, wir oder sie, der Stärkere stößt den Schwächeren hinunter, ist das nicht billig?

JULIE. Ja, ja.

DANTON. Wir schlugen sie, das war kein Mord, das war Krieg nach innen.

JULIE. Du hast das Vaterland gerettet.

DANTON. Ja das hab' ich. Das war Nothwehr, wir mußten. Der Mann am Kreuze hat sich's bequem gemacht: es muß ja Aergerniß kommen, doch wehe dem, durch welchen Aergerniß kommt.

Es muß, das war dieß Muß. Wer will der Hand fluchen, auf die der Fluch des Muß gefallen? Wer hat das *Muß* gesprochen, wer? Was ist das, was in uns hurt, lügt, stiehlt und mordet?

Puppen sind wir von unbekannten Gewalten am Draht gezogen; nichts, nichts wir selbst! Die Schwerter, mit denen Geister kämpfen, man sieht nur die Hände nicht, wie im Mährchen.

Jezt bin ich ruhig.

JULIE. Ganz ruhig, lieb Herz?
DANTON. Ja Julie, komm, zu Bette!

II, 6 STRASSE VOR DANTONS HAUS

Simon. Bürgersoldaten.

SIMON. Wie weit ist's in der Nacht?
ERSTER BÜRGER. Was in der Nacht?
SIMON. Wie weit ist die Nacht?
ERSTER BÜRGER. So weit als zwischen Sonnenuntergang und Sonnenaufgang.
SIMON. Schuft, wieviel Uhr?
ERSTER BÜRGER. Sieh auf dein Zifferblatt; es ist die Zeit, wo die Perpendikel unter den Bettdecken ausschlagen.
SIMON. Wir müssen hinauf! Fort Bürger! Wir haften mit unseren Köpfen dafür. Todt oder lebendig! Er hat gewaltige Glieder. Ich werde vorangehn, Bürger. Der Freiheit eine Gasse!
Sorgt für mein Weib! Eine Eichenkrone werd' ich ihr hinterlassen.
ERSTER BÜRGER. Eine Eichelkron? Es sollen ihr ohnehin jeden Tag Eicheln genug in den Schooß fallen.
SIMON. Vorwärts Bürger, ihr werdet euch um das Vaterland verdient machen.
ZWEITER BÜRGER. Ich wollte das Vaterland machte sich um uns verdient; über all den Löchern, die wir in andrer Leute Körper machen, ist noch kein einziges in unsern Hosen zugegangen.
ERSTER BÜRGER. Willst du, daß dir dein Hosenlatz zugienge? Hä, hä, hä.
DIE ANDERN. Hä, hä, hä.
SIMON. Fort, fort! *Sie dringen in Dantons Haus.*

Eine Gruppe von Deputirten.

LEGENDRE. Soll denn das Schlachten der Deputirten nicht aufhören?
Wer ist noch sicher, wenn Danton fällt?

EIN DEPUTIRTER. Was thun?

EIN ANDERER. Er muß vor den Schranken des Convents gehört werden. Der Erfolg dießes Mittels ist sicher, was sollten sie seiner Stimme entgegensetzen?

EIN ANDERER. Unmöglich, ein Decret verhindert uns.

LEGENDRE. Es muß zurückgenommen oder eine Ausnahme gestattet werden. Ich werde den Antrag machen. Ich rechne auf eure Unterstützung.

DER PRÄSIDENT. Die Sitzung ist eröffnet.

LEGENDRE *besteigt die Tribüne.* Vier Mitglieder des Nationalconvents sind verflossene Nacht verhaftet worden. Ich weiß, daß Danton einer von ihnen ist, die Namen der Übrigen kenne ich nicht. Mögen sie übrigens seyn, wer sie wollen, so verlange ich, daß sie vor den Schranken gehört werden. Bürger, ich erkläre es, ich halte Danton für eben so rein, wie mich selbst und ich glaube nicht, daß mir irgend ein Vorwurf gemacht werden kann. Ich will kein Mitglied des Wohlfahrts- oder des Sicherheitsausschusses angreifen, aber gegründete Ursachen lassen mich fürchten Privathaß und Privatleidenschaften könnten der Freiheit Männer entreißen, die ihr die größten Dienste erwiesen haben. Der Mann, welcher im Jahre 1792 Frankreich durch seine Energie rettete, verdient gehört zu werden, er muß sich erklären dürfen wenn man ihn des Hochverraths anklagt. *Heftige Bewegung.*

EINIGE STIMMEN. Wir unterstützen Legendres Vorschlag.

EIN DEPUTIRTER. Wir sind hier im Namen des Volkes, man kann uns ohne den Willen unserer Wähler nicht von unseren Plätzen reißen.

EIN ANDERER. Eure Worte riechen nach Leichen, ihr habt sie den

Girondisten aus dem Mund genommen. Wollt ihr Privilegien? Das Beil des Gesetzes schwebt über allen Häuptern.

EIN ANDERER. Wir können unsern Ausschüssen nicht erlauben die Gesetzgeber aus dem Asyl des Gesetzes auf die Guillotine zu schicken.

EIN ANDERER. Das Verbrechen hat kein Asyl, nur gekrönte Verbrechen finden eins auf dem Thron.

EIN ANDERER. Nur Spitzbuben appelliren an das Asylrecht.

EIN ANDERER. Nur Mörder erkennen es nicht an.

ROBESPIERRE. Die seit langer Zeit in dießer Versammlung unbekannte Verwirrung, beweißt, daß es sich um große Dinge handelt. Heute entscheidet sich's ob einige Männer den Sieg über das Vaterland davon tragen werden. Wie könnt ihr eure Grundsätze weit genug verläugnen, um heute einigen Individuen das zu bewilligen, was ihr gestern Chabot, Delaunay und Fabre verweigert habt? Was soll dießer Unterschied zu Gunsten einiger Männer? Was kümmern mich die Lobsprüche, die man sich selbst und seinen Freunden spendet? Nur zu viele Erfahrungen haben uns gezeigt, was davon zu halten sey. Wir fragen nicht ob ein Mann dieße oder jene patriotische Handlung vollbracht habe, wir fragen nach seiner ganzen politischen Laufbahn.

Legendre scheint die Namen der Verhafteten nicht zu wissen, der ganze Convent kennt sie. Sein Freund Lacroix ist darunter. Warum scheint Legendre das nicht zu wissen? Weil er wohl weiß, daß nur die Schaamlosigkeit Lacroix vertheidigen kann. Er nannte nur Danton, weil er glaubt an dießen Namen knüpfe sich ein Privilegium. Nein, wir wollen keine Privilegien, wir wollen keine Götzen! *Beyfall.*

Was hat Danton vor Lafayette, vor Dumouriez, vor Brissot, Fabre, Chabot, Hébert voraus? Was sagt man von dießen, was man nicht auch von ihm sagen könnte? Habt ihr sie gleichwohl geschont? Wodurch verdient er einen Vorzug vor seinen Mitbürgern? Etwa, weil einige betrogne Individuen und Andere, die sich nicht betrügen ließen, sich um ihn reihten um in

seinem Gefolge dem Glück und der Macht in die Arme zu laufen? Je mehr er die Patrioten betrogen hat, welche Vertrauen in ihn setzten, desto nachdrücklicher muß er die Strenge der Freiheitsfreunde empfinden.
Man will euch Furcht einflößen vor dem Mißbrauche einer Gewalt, die ihr selbst ausgeübt habt. Man schreit über den Despotismus der Ausschüsse, als ob das Vertrauen, welches das Volk euch geschenkt und das ihr dießen Ausschüssen übertragen habt, nicht eine sichre Garantie ihres Patriotismus wäre. Man stellt sich, als zittre man. Aber ich sage euch, wer in dießem Augenblicke zittert ist schuldig, denn nie zittert die Unschuld vor der öffentlichen Wachsamkeit. *Allgemeyner Beyfall.* Man hat auch mich schrecken wollen, man gab mir zu verstehen, daß die Gefahr, indem sie sich Danton nähere, auch bis zu mir dringen könne.
Man schrieb mir, Dantons Freunde hielten mich umlagert in der Meinung die Erinnerung an eine alte Verbindung, der blinde Glauben an erheuchelte Tugenden könnten mich bestimmen meinen Eifer und meine Leidenschaft für die Freiheit zu mäßigen.
So erkläre ich denn, nichts soll mich aufhalten, und sollte auch Dantons Gefahr die meinige werden. Wir Alle haben etwas Muth und etwas Seelengröße nöthig. Nur Verbrecher und gemeine Seelen fürchten Ihresgleichen an ihrer Seite fallen zu sehen, weil sie, wenn keine Schaar von Mitschuldigen sie mehr versteckt, sich dem Licht der Wahrheit ausgesezt sehen. Aber wenn es dergleichen Seelen in dießer Versammlung giebt, so giebt es in ihr auch heroische. Die Zahl der Schurken ist nicht groß. Wir haben nur wenige Köpfe zu treffen und das Vaterland ist gerettet. *Beyfall.*
Ich verlange, daß Legendres Vorschlag zurückgewiesen werde.
Die Deputirten erheben sich sämmtlich zum Zeichen allgemeiner Beystimmung.

ST. JUST. Es scheint in dießer Versammlung einige empfindliche Ohren zu geben, die das Wort *Blut* nicht wohl vertragen können. Einige allgemeine Betrachtungen mögen sie überzeugen, daß wir nicht grausamer sind als die Natur und als die Zeit. Die Natur folgt ruhig und unwiderstehlich ihren Gesetzen, der Mensch wird vernichtet, wo er mit ihnen in Conflict kommt. Eine Veränderung in den Bestandtheilen der Luft, ein Auflodern des tellurischen Feuers, ein Schwanken in dem Gleichgewicht einer Wassermasse und eine Seuche, ein vulkanischer Ausbruch, eine Ueberschwemmung begraben Tausende. Was ist das Resultat? Eine unbedeutende, im großen Ganzen kaum bemerkbare Veränderung der physischen Natur, die fast spurlos vorübergegangen seyn würde, wenn nicht Leichen auf ihrem Wege lägen.

Ich frage nun: soll die moralische Natur in ihren Revolutionen mehr Rücksicht nehmen, als die physische? Soll eine Idee nicht eben so gut wie ein Gesetz der Physik vernichten dürfen, was sich ihr widersezt? Soll überhaupt ein Ereigniß, was die ganze Gestaltung der moralischen Natur d.h. der Menschheit umändert, nicht durch Blut gehen dürfen? Der Weltgeist bedient sich in der geistigen Sphäre unserer Arme eben so, wie er in der physischen Vulkane oder Wasserfluthen gebraucht. Was liegt daran ob sie an einer Seuche oder an der Revolution sterben? –

Die Schritte der Menschheit sind langsam, man kann sie nur nach Jahrhunderten zählen, hinter jedem erheben sich die Gräber von Generationen. Das Gelangen zu den einfachsten Erfindungen und Grundsätzen hat Millionen das Leben gekostet, die auf dem Wege starben. Ist es denn nicht einfach, daß zu einer Zeit, wo der Gang der Geschichte rascher ist, auch mehr Menschen außer Athem kommen?

Wir schließen schnell und einfach: da Alle unter gleichen Verhältnissen geschaffen werden, so sind Alle gleich, die Unterschiede abgerechnet, welche die Natur selbst gemacht hat. Es darf daher jeder Vorzüge und darf daher keiner Vorrechte haben, weder ein Einzelner, noch eine geringere oder größere Klasse von Individuen. Jedes Glied dießes in der Wirklichkeit

angewandten Satzes hat seine Menschen getödtet. Der 14. Juli, der 10. August, der 31. May sind seine Interpunctionszeichen. Er hatte vier Jahre Zeit nöthig um in der Körperwelt durchgeführt zu werden, und unter gewöhnlichen Umständen hätte er ein Jahrhundert dazu gebraucht und wäre mit Generationen interpunctirt worden. Ist es da so zu verwundern, daß der Strom der Revolution bey jedem Absatz, bey jeder neuen Krümmung seine Leichen ausstößt?
Wir werden unserm Satze noch einige Schlüsse hinzuzufügen haben, sollen einige Hundert Leichen uns verhindern sie zu machen? Moses führte sein Volk durch das rothe Meer und in die Wüste bis die alte verdorbne Generation sich aufgerieben hatte, eh' er den neuen Staat gründete. Gesetzgeber! Wir haben weder das rothe Meer noch die Wüste aber wir haben den Krieg und die Guillotine.
Die Revolution ist wie die Töchter des Pelias; sie zerstückt die Menschheit um sie zu verjüngen. Die Menschheit wird aus dem Blutkessel wie die Erde aus den Wellen der Sündfluth mit urkräftigen Gliedern sich erheben, als wäre sie zum Erstenmale geschaffen. *Langer, anhaltender Beyfall. Einige Mitglieder erheben sich im Enthusiasmus.*
Alle geheimen Feinde der Tyrannei, welche in Europa und auf dem ganzen Erdkreise den Dolch des Brutus unter ihren Gewändern tragen, fordern wir auf dießen erhabenen Augenblick mit uns zu theilen. *Die Zuhörer und die Deputirten stimmen die Marseillaise an.*

Dritter Act

III, 1 DAS LUXEMBURG. EIN SAAL MIT GEFANGNEN

Chaumette, Payne, Mercier, Hérault de Séchelles und andre Gefangne.

CHAUMETTE *zupft Payne am Aermel.* Hören Sie Payne es könnte doch so seyn, vorhin überkam es mich so; ich habe heute Kopfweh, helfen Sie mir ein wenig mit Ihren Schlüssen, es ist mir ganz unheimlich zu Muth.

PAYNE. So komm Philosoph Anaxagoras ich will dich katechisiren. *Es giebt keinen Gott*, denn: entweder hat Gott die Welt geschaffen oder nicht. Hat er sie nicht geschaffen so hat die Welt ihren Grund in sich und es giebt keinen Gott, da Gott nur dadurch Gott wird, daß er den Grund alles Seyns enthält. – Nun kann aber Gott die Welt nicht geschaffen haben, denn entweder ist die Schöpfung ewig wie Gott, oder sie hat einen Anfang. Ist Letzteres der Fall so muß Gott sie zu einem bestimmten Zeitpunkt geschaffen haben, Gott muß also nach dem er eine Ewigkeit geruht einmal thätig geworden seyn, muß also einmal eine Veränderung in sich erlitten haben, die den Begriff *Zeit* auf ihn anwenden läßt, was Beydes gegen das Wesen Gottes streitet. Gott kann also die Welt nicht geschaffen haben. Da wir nun aber sehr deutlich wissen, daß die Welt oder daß unser Ich wenigstens vorhanden ist und daß sie dem Vorhergehenden nach also auch ihren Grund in sich oder in etwas haben muß, das nicht Gott ist, so kann es keinen Gott geben. Quod erat demonstrandum.

CHAUMETTE. Ey wahrhaftig, das giebt mir wieder Licht, ich danke, danke.

MERCIER. Halten Sie, Payne, wenn aber die Schöpfung ewig ist?

PAYNE. Dann ist sie schon keine Schöpfung mehr, dann ist sie Eins mit Gott oder ein Attribut desselben, wie Spinoza sagt, dann ist Gott in Allem, in Ihnen Werthester, im Philosoph

Anaxagoras und in mir; das wäre so übel nicht, aber Sie müssen mir zugestehen, daß es gerade nicht viel um die himmlische Majestät ist, wenn der liebe Herrgott in jedem von uns Zahnweh kriegen, den Tripper haben, lebendig begraben werden oder wenigstens die sehr unangenehmen Vorstellungen davon haben kann.

MERCIER. Aber eine Ursache muß doch da seyn.

PAYNE. Wer leugnet dieß; aber wer sagt Ihnen denn, daß dieße Ursache das sey, was wir uns als Gott d. h. als das Vollkommne denken? Halten Sie die Welt für vollkommen?

MERCIER. Nein.

PAYNE. Wie wollen Sie denn aus einer unvollkommnen Wirkung auf eine vollkommne Ursache schließen?
Voltaire wagte es eben so wenig mit Gott, als mit den Königen zu verderben, deßwegen that er es. Wer einmal nichts hat als Verstand und ihn nicht einmal consequent zu gebrauchen weiß oder wagt, ist ein Stümper.

MERCIER. Ich frage dagegen: kann eine vollkommne Ursache eine vollkommne Wirkung haben d. h. kann etwas Vollkommnes, was Vollkommnes schaffen? Ist das nicht unmöglich, weil das Geschaffne doch nie seinen Grund in sich haben kann, was doch wie Sie sagten zur Vollkommenheit gehört?

CHAUMETTE. Schweigen Sie! Schweigen Sie!

PAYNE. Beruhige dich Philosoph. Sie haben Recht; aber muß denn Gott einmal schaffen, kann er nur was Unvollkommnes schaffen, so läßt er es gescheuter ganz bleiben. Ist's nicht sehr menschlich, uns Gott nur als schaffend denken zu können? Weil wir uns immer regen und schütteln müssen um uns nur immer sagen zu können: wir sind! müssen wir Gott auch dieß elende Bedürfniß andichten? Müssen wir, wenn sich unser Geist in das Wesen einer harmonisch in sich ruhenden, ewigen Seeligkeit versenkt, gleich annehmen sie müsse die Finger ausstrecken und über Tisch Brodmännchen kneten? aus überschwenglichem Liebesbedürfniß, wie wir uns ganz geheimnißvoll in die Ohren sagen. Müssen wir das Alles, bloß um

uns zu Göttersöhnen zu machen? Ich nehme mit einem geringern Vater vorlieb, wenigstens werd' ich ihm nicht nachsagen können, daß er mich unter seinem Stande in Schweinställen oder auf den Galeeren habe erziehen lassen.
Schafft das Unvollkommne weg, dann allein könnt ihr Gott demonstriren, Spinoza hat es versucht. Man kann das Böse leugnen, aber nicht den Schmerz; nur der Verstand kann Gott beweisen, das Gefühl empört sich dagegen. Merke dir es, Anaxagoras, warum leide ich? Das ist der Fels des Atheismus. Das leiseste Zucken des Schmerzes und rege es sich nur in einem Atom, macht einen Riß in der Schöpfung von oben bis unten.

MERCIER. Und die Moral?

PAYNE. Erst beweist ihr Gott aus der Moral und dann die Moral aus Gott. Was wollt ihr denn mit eurer Moral? Ich weiß nicht ob es an und für sich was Böses oder was Gutes giebt, und habe deßwegen doch nicht nöthig meine Handlungsweise zu ändern. Ich handle meiner Natur gemäß, was ihr angemessen, ist für mich gut und ich thue es und was ihr zuwider, ist für mich bös und ich thue es nicht und vertheidige mich dagegen, wenn es mir in den Weg kommt. Sie können, wie man so sagt, tugendhaft bleiben und sich gegen das sogenannte Laster wehren, ohne deßwegen ihre Gegner verachten zu müssen, was ein gar trauriges Gefühl ist.

CHAUMETTE. Wahr, sehr wahr!

HÉRAULT. O Philosoph Anaxagoras, man könnte aber auch sagen, damit Gott Alles sey, müsse er auch sein eignes Gegentheil seyn, d.h. vollkommen und unvollkommen, bös und gut, seelig und leidend, das Resultat freilich würde gleich Null seyn, es würde sich gegenseitig heben, wir kämen zum Nichts. Freue dich, du kömmst glücklich durch, du kannst ganz ruhig in Madame Momoro das Meisterstück der Natur anbeten, wenigstens hat sie dir die Rosenkränze dazu in den Leisten gelassen.

CHAUMETTE. Ich danke Ihnen verbindlichst, meine Herren. *Ab.*

PAYNE. Er traut noch nicht, er wird sich zu guter Letzt noch die Oelung geben, die Füße nach Mecca zu legen, und sich beschneiden lassen um ja keinen Weg zu verfehlen.

Danton, Lacroix, Camille, Philippeau werden hereingeführt.

HÉRAULT *läuft auf Danton zu und umarmt ihn.* Guten Morgen, gute Nacht sollte ich sagen. Ich kann nicht fragen, wie hast du geschlafen. Wie wirst du schlafen?

DANTON. Nun gut, man muß lachend zu Bett gehn.

MERCIER *zu Payne.* Dieße Dogge mit Taubenflügeln! Er ist der böse Genius der Revolution, er wagte sich an seine Mutter, aber sie war stärker als er.

PAYNE. Sein Leben und sein Tod sind ein gleich großes Unglück.

LACROIX *zu Danton.* Ich dachte nicht, daß sie so schnell kommen würden.

DANTON. Ich wußt' es, man hatte mich gewarnt.

LACROIX. Und du hast nichts gesagt?

DANTON. Zu was? Ein Schlagfluß ist der beste Tod, wolltest du zuvor krank seyn? Und – ich dachte nicht, daß sie es wagen würden. *Zu Hérault.* Es ist besser sich in die Erde legen, als sich Leichdörner auf ihr laufen; ich habe sie lieber zum Kissen, als zum Schemel.

HÉRAULT. Wir werden wenigstens nicht mit Schwielen an den Fingern der hübschen Dame Verwesung die Wangen streicheln.

CAMILLE *zu Danton.* Gieb dir nur keine Mühe. Du magst die Zunge noch so weit zum Hals heraushängen, du kannst dir damit doch nicht den Todesschweiß von der Stirne lecken. O Lucile! das ist ein großer Jammer.

Die Gefangnen drängen sich um die neu Angekommnen.

DANTON *zu Payne.* Was Sie für das Wohl Ihres Landes gethan, habe ich für das meinige versucht. Ich war weniger glücklich, man schickt mich auf's Schafott, meinetwegen, ich werde nicht stolpern.

MERCIER *zu Danton.* Das Blut der zwei und zwanzig ersäuft dich.

EIN GEFANGENER *zu Hérault.* Die Macht des Volkes und die Macht der Vernunft sind eins.

EIN ANDRER *zu Camille.* Nun Generalprocurator der Laterne, deine Verbesserung der Straßenbeleuchtung hat in Frankreich nicht heller gemacht.

EIN ANDRER. Laßt ihn! Das sind die Lippen, welche das Wort *Erbarmen* gesprochen. *Er umarmt Camille, mehrere Gefangne folgen seinem Beispiel.*

PHILIPPEAU. Wir sind Priester, die mit Sterbenden gebetet haben, wir sind angesteckt worden und sterben an der nemlichen Seuche.

EINIGE STIMMEN. Der Streich, der euch trifft, tödtet uns Alle.

CAMILLE. Meine Herren ich beklage sehr, daß unsere Anstrengungen so fruchtlos waren, ich gehe auf's Schafott, weil mir die Augen über das Loos einiger Unglücklichen naß geworden.

III, 2 EIN ZIMMER

Fouquier-Tinville. Herrmann.

FOUQUIER. Alles bereit?

HERRMANN. Es wird schwer halten; wäre Danton nicht darunter, so ginge es leicht.

FOUQUIER. Er muß vortanzen.

HERRMANN. Er wird die Geschwornen erschrecken; er ist die Vogelscheuche der Revolution.

FOUQUIER. Die Geschwornen müssen wollen.

HERRMANN. Ein Mittel wüßt' ich, aber es wird die gesetzliche Form verletzen.

FOUQUIER. Nur zu.

HERRMANN. Wir losen nicht, sondern suchen die Handfesten aus.

FOUQUIER. Das muß gehen. Das wird ein gutes Heckefeuer geben. Es sind ihrer neunzehn. Sie sind geschickt zusammengewörfelt. Die vier Fälscher, dann einige Banquiers und Fremde. Es ist ein pikantes Gericht. Das Volk braucht dergleichen. Also zuverlässige Leute! Wer zum Beispiel?

HERRMANN. Leroi, er ist taub und hört daher nichts von All dem, was die Angeklagten vorbringen, Danton mag sich den Hals bey ihm rauh schreien.

FOUQUIER. Sehr gut. Weiter!

HERRMANN. Vilatte und Lumière, der eine sitzt immer in der Trinkstube und der andere schläft immer, beyde öffnen den Mund nur, um das Wort: *schuldig!* zu sagen.
Girard hat den Grundsatz, es dürfe Keiner entwischen, der einmal vor das Tribunal gestellt sey. Renaudin …

FOUQUIER. Auch der? Er half einmal einigen Pfaffen durch.

HERRMANN. Sey ruhig, vor einigen Tagen kommt er zu mir und verlangt man solle allen Verurtheilten vor der Hinrichtung zur Ader lassen um sie ein wenig matt zu machen, ihre meist trotzige Haltung ärgere ihn.

FOUQUIER. Ach sehr gut. Also ich verlasse mich.

HERRMANN. Laß mich nur machen.

III, 3 DIE CONCIERGERIE. EIN CORRIDOR

Lacroix, Danton, Mercier und andre Gefangne auf und ab gehend.

LACROIX *zu einem Gefangnen.* Wie, so viel Unglückliche, und in einem so elenden Zustande?

DER GEFANGNE. Haben Ihnen die Guillotinenkarren nie gesagt, daß Paris eine Schlachtbank sey?

MERCIER. Nicht wahr, Lacroix? Die Gleichheit schwingt ihre Sichel über allen Häuptern, die Lava der Revolution fließt, die Guillotine republicanisirt! Da klatschen die Gallerien und die Römer reiben sich die Hände, aber sie hören nicht, daß jedes dießer Worte das Röcheln eines Opfers ist. Geht einmal euren Phrasen nach, bis zu dem Punkt wo sie verkörpert werden.

Blickt um euch, das Alles habt ihr gesprochen, es ist eine mimische Uebersetzung eurer Worte. Dieße Elenden, ihre Henker und die Guillotine sind eure lebendig gewordnen Reden. Ihr bautet eure Systeme, wie Bajazet seine Pyramiden, aus Menschenköpfen.

DANTON. Du hast Recht. Man arbeitet heut zu Tag Alles in Menschenfleisch. Das ist der Fluch unserer Zeit. Mein Leib wird jezt auch verbraucht.

Es ist jezt ein Jahr, daß ich das Revolutionstribunal schuf. Ich bitte Gott und Menschen dafür um Verzeihung, ich wollte neuen Septembermorden zuvorkommen, ich hoffte die Unschuldigen zu retten, aber dieß langsame Morden mit seinen Formalitäten ist gräßlicher und eben so unvermeidlich. Meine Herren ich hoffte Sie Alle dießen Ort verlassen zu machen.

MERCIER. Oh, herausgehen werden wir.

DANTON. Ich bin jezt bey Ihnen, der Himmel weiß wie das enden soll.

III, 4 DAS REVOLUTIONSTRIBUNAL

HERRMANN *zu Danton.* Ihr Name, Bürger.

DANTON. Die Revolution nennt meinen Namen. Meine Wohnung ist bald im Nichts und mein Namen im Pantheon der Geschichte.

HERRMANN. Danton, der Convent beschuldigt Sie, mit Mirabeau, mit Dumouriez, mit Orléans, mit den Girondisten, den Fremden und der Faction Ludwig des XVII. conspirirt zu haben.

DANTON. Meine Stimme, die ich so oft für die Sache des Volkes ertönen ließ, wird ohne Mühe die Verläumdung zurückweisen. Die Elenden, welche mich anklagen, mögen hier erscheinen und ich werde sie mit Schande bedecken. Die Ausschüsse mögen sich hierher begeben, ich werde nur vor ihnen antworten. Ich habe sie als Kläger und als Zeugen nöthig.

Sie mögen sich zeigen.
Uebrigens, was liegt mir an euch und eurem Urtheil. Ich hab' es euch schon gesagt: das Nichts wird bald mein Asyl seyn – das Leben ist mir zur Last, man mag mir es entreißen, ich sehne mich danach es abzuschütteln.

HERRMANN. Danton, die Kühnheit ist dem Verbrechen, die Ruhe der Unschuld eigen.

DANTON. Privatkühnheit ist ohne Zweifel zu tadeln, aber jene Nationalkühnheit, die ich so oft gezeigt, mit welcher ich so oft für die Freiheit gekämpft habe, ist die verdienstvollste aller Tugenden. Sie ist meine Kühnheit, sie ist es, der ich mich hier zum Besten der Republik gegen meine erbärmlichen Ankläger bediene. Kann ich mich fassen, wenn ich mich auf eine so niedrige Weise verläumdet sehe? Von einem Revolutionär, wie ich darf man keine kalte Vertheidigung erwarten. Männer meines Schlages sind in Revolutionen unschätzbar, auf ihrer Stirne schwebt das Genie der Freiheit. *Zeichen von Beifall unter den Zuhörern.*
Mich klagt man an, mit Mirabeau, mit Dumouriez, mit Orléans conspirirt, zu den Füßen elender Despoten gekrochen zu haben, mich fordert man auf vor der unentrinnbaren, unbeugsamen Gerechtigkeit zu antworten.
Du elender St. Just wirst der Nachwelt für dieße Lästerung verantwortlich seyn!

HERRMANN. Ich fordere Sie auf mit Ruhe zu antworten, gedenken Sie Marats, er trat mit Ehrfurcht vor seine Richter.

DANTON. Sie haben die Hände an mein ganzes Leben gelegt, so mag es sich denn aufrichten und ihnen entgegentreten, unter dem Gewichte jeder meiner Handlungen werde ich sie begraben.
Ich bin nicht stolz darauf. Das Schicksal führt uns den Arm, aber nur gewaltige Naturen sind seine Organe.
Ich habe auf dem Marsfelde dem Königthume den Krieg erklärt, ich habe es am 10. August geschlagen, ich habe es am 21. Januar getödtet und den Königen einen Königskopf

als Fehdehandschuh hingeworfen. *Wiederholte Zeichen von Beifall. Er nimmt die Anklageacte.* Wenn ich einen Blick auf dieße Schandschrift werfe fühle ich mein ganzes Wesen beben. Wer sind denn die, welche Danton nöthigen mußten sich an jenem denkwürdigen Tage (dem 10. August) zu zeigen? Wer sind denn die privilegirten Wesen, von denen er seine Energie borgte? Meine Ankläger mögen erscheinen! Ich bin ganz bey Sinnen, wenn ich es verlange. Ich werde die platten Schurken entlarven und sie in das Nichts zurückschleudern, aus dem sie nie hätten hervorkriechen sollen.

HERRMANN *schellt.* Hören Sie die Klingel nicht?

DANTON. Die Stimme eines Menschen, welcher seine Ehre und sein Leben vertheidigt, muß deine Schelle überschreien.
Ich habe im September die junge Brut der Revolution mit den zerstückten Leibern der Aristocraten geäzt. Meine Stimme hat aus dem Golde der Aristocraten und Reichen dem Volke Waffen geschmiedet. Meine Stimme war der Orkan, welcher die Satelliten des Despotismus unter Wogen von Bajonetten begrub. *Lauter Beifall.*

HERRMANN. Danton, Ihre Stimme ist erschöpft, Sie sind zu heftig bewegt. Sie werden das Nächstemal Ihre Vertheidigung beschließen. Sie haben Ruhe nöthig.
Die Sitzung ist aufgehoben.

DANTON. Jezt kennt Ihr Danton; noch wenige Stunden und er wird in den Armen des Ruhmes entschlummern.

III, 5 DAS LUXEMBURG. EIN KERKER

Dillon, Laflotte, ein Gefangenwärter.

DILLON. Kerl leuchte mir mit deiner Nase nicht so in's Gesicht. Hä, hä, hä!

LAFLOTTE. Halte den Mund zu, deine Mondsichel hat einen Hof. Hä, hä, hä.

WÄRTER. Hä, hä, hä. Glaubt Ihr, Herr, daß Ihr bey ihrem

Schein lesen könntet? *Zeigt auf einen Zettel, den er in der Hand hält.*

DILLON. Gieb her!

WÄRTER. Herr, meine Mondsichel hat Ebbe bey mir gemacht.

LAFLOTTE. Deine Hosen sehen aus, als ob Fluth wäre.

WÄRTER. Nein, sie zieht Wasser. *Zu Dillon.* Sie hat sich vor Eurer Sonne verkrochen, Herr, Ihr müßt mir was geben, das sie wieder feurig macht, wenn Ihr dabey lesen wollt.

DILLON. Da Kerl! Pack dich. *Er giebt ihm Geld. Wärter ab. Dillon liest.* Danton hat das Tribunal erschreckt, die Geschwornen schwanken, die Zuhörer murrten. Der Zudrang war außerordentlich. Das Volk drängte sich um den Justizpallast und stand bis zu den Brücken. Eine Hand voll Geld, ein Arm endlich, hm! hm! *Er geht auf und ab und schenkt sich von Zeit zu Zeit aus einer Flasche ein.* Hätt' ich nur den Fuß auf der Gasse. Ich werde mich nicht so schlachten lassen. Ja, nur den Fuß auf der Gasse!

LAFLOTTE. Und auf dem Karren, das ist eins.

DILLON. Meinst du? Da lägen noch ein Paar Schritte dazwischen, lang genug um sie mit den Leichen der Decemvirn zu messen. – Es ist endlich Zeit, daß die rechtschaffnen Leute das Haupt erheben.

LAFLOTTE *für sich.* Desto besser, um so leichter ist es zu treffen. Nur zu Alter, noch einige Gläser und ich werde flott.

DILLON. Die Schurken, die Narren sie werden sich zulezt noch selbst guillotiniren. *Er läuft auf und ab.*

LAFLOTTE *bey Seite.* Man könnte das Leben ordentlich wieder lieb haben, wie sein Kind, wenn man sich's selbst gegeben. Das kommt gerade nicht oft vor, daß man so mit dem Zufall Blutschande treiben und sein eigner Vater werden kann. Vater und Kind zugleich. Ein behaglicher Oedipus!

DILLON. Man füttert das Volk nicht mit Leichen, Dantons und Camilles Weiber mögen Assignaten unter das Volk werfen, das ist besser als Köpfe.

LAFLOTTE *bey Seite.* Ich würde mir hintennach die Augen nicht ausreißen, ich könnte sie nöthig haben um den guten General zu beweinen.

DILLON. Die Hand an Danton! Wer ist noch sicher? Die Furcht wird sie vereinigen.

LAFLOTTE *bey Seite*. Er ist doch verloren. Was ist's denn, wenn ich auf eine Leiche trete um aus dem Grab zu klettern?

DILLON. Nur den Fuß auf der Gasse! Ich werde Leute genug finden, alte Soldaten, Girondisten, Exadlige, wir erbrechen die Gefängnisse, wir müssen uns mit den Gefangnen verständigen.

LAFLOTTE *bey Seite*. Nun freilich, es riecht ein wenig nach Schufterei. Was thut's? Ich hätte Lust auch das zu versuchen, ich war bisher zu einseitig. Man bekommt Gewissensbisse, das ist doch eine Abwechslung, es ist nicht so unangenehm seinen eignen Gestank zu riechen.
Die Aussicht auf die Guillotine ist mir langweilig geworden, so lang auf die Sache zu warten! Ich habe sie im Geist schon zwanzigmal durchprobirt. Es ist auch gar nichts Pikantes mehr dran; es ist ganz gemein geworden.

DILLON. Man muß Dantons Frau ein Billet zukommen lassen.

LAFLOTTE *bey Seite*. Und dann – ich fürchte den Tod nicht, aber den Schmerz. Es könnte wehe thun, wer steht mir dafür? Man sagt zwar es sey nur ein Augenblick, aber der Schmerz hat ein feineres Zeitmaaß, er zerlegt eine Tertie. Nein! Der Schmerz ist die einzige Sünde und das Leiden ist das einzige Laster, ich werde tugendhaft bleiben.

DILLON. Höre Laflotte, wo ist der Kerl hingekommen? Ich habe Geld, das muß gehen, wir müssen das Eisen schmieden, mein Plan ist fertig.

LAFLOTTE. Gleich, gleich! Ich kenne den Schließer, ich werde mit ihm sprechen. Du kannst auf mich zählen General, wir werden aus dem Loch kommen, *für sich im Hinausgehn* um in ein anderes zu gehen, ich in das weiteste, die Welt, er in das engste, das Grab.

 DER WOHLFAHRTSAUSSCHUSS

St. Just, Barrère, Collot d'Herbois, Billaud-Varennes.

BARRÈRE. Was schreibt Fouquier?

ST. JUST. Das zweite Verhör ist vorbey. Die Gefangnen verlangen das Erscheinen mehrerer Mitglieder des Convents und des Wohlfahrtsausschusses, sie appellirten an das Volk, wegen Verweigerung der Zeugen. Die Bewegung der Gemüther soll unbeschreiblich seyn. Danton parodirte den Jupiter und schüttelte die Locken.

COLLOT. Um so leichter wird ihn Samson daran packen.

BARRÈRE. Wir dürfen uns nicht zeigen, die Fischweiber und die Lumpensammler könnten uns weniger imposant finden.

BILLAUD. Das Volk hat einen Instinct sich treten zu lassen und wäre es nur mit Blicken, dergleichen insolente Physiognomien gefallen ihm. Solche Stirnen sind ärger als ein adliges Wappen, die feine Aristocratie der Menschenverachtung sitzt auf ihnen. Es sollte sie jeder einschlagen helfen, den es verdrießt einen Blick von oben herunter zu erhalten.

BARRÈRE. Er ist wie der hörnerne Siegfried, das Blut der Septembrisirten hat ihn unverwundbar gemacht.
Was sagt Robespierre?

ST. JUST. Er thut als ob er etwas zu sagen hätte.
Die Geschwornen müssen sich für hinlänglich unterrichtet erklären und die Debatten schließen.

BARRÈRE. Unmöglich, das geht nicht.

ST. JUST. Sie müssen weg, um jeden Preis und sollten wir sie mit den eignen Händen erwürgen. Wagt! Danton soll uns das Wort nicht umsonst gelehrt haben. Die Revolution wird über ihre Leichen nicht stolpern, aber bleibt Danton am Leben, so wird er sie am Gewand fassen und er hat etwas in seiner Gestalt, als ob er die Freiheit nothzüchtigen könnte. *St. Just wird hinausgerufen.*

Ein Schließer tritt ein.

SCHLIESSER. In St. Pelagie liegen Gefangne am Sterben, sie verlangen einen Arzt.

BILLAUD. Das ist unnöthig, so viel Mühe weniger für den Scharfrichter.

SCHLIESSER. Es sind schwangere Weiber dabey.

BILLAUD. Desto besser, da brauchen ihre Kinder keinen Sarg.

BARRÈRE. Die Schwindsucht eines Aristocraten spart dem Revolutionstribunal eine Sitzung. Jede Arznei wäre kontrerevolutionär.

COLLOT *nimmt ein Papier.* Eine Bittschrift, ein Weibername!

BARRÈRE. Wohl eine von denen, die gezwungen seyn möchten zwischen einem Guillotinenbrett und dem Bett eines Jacobiners zu wählen. Die wie Lucrecia nach dem Verlust ihrer Ehre sterben, aber etwas später als die Römerin, im Kindbett, oder am Krebs oder aus Altersschwäche. Es mag nicht so unangenehm seyn einen Tarquinius aus der Tugendrepublik einer Jungfrau zu treiben.

COLLOT. Sie ist zu alt. Madame verlangt den Tod, sie weiß sich auszudrücken, das Gefängniß liege auf ihr wie ein Sargdeckel. Sie sitzt erst seit vier Wochen. Die Antwort ist leicht. *Er schreibt und liest.* »Bürgerin, es ist noch nicht lange genug, daß du den Tod wünschest.« *Schließer ab.*

BARRÈRE. Gut gesagt. Aber Collot es ist nicht gut, daß die Guillotine zu lachen anfängt, die Leute haben sonst keine Furcht mehr davor. Man muß sich nicht so familiär machen.

St. Just kommt zurück.

ST. JUST. Eben erhalte ich eine Denunciation. Man conspirirt in den Gefängnissen, ein junger Mensch Namens Laflotte hat Alles entdeckt. Er saß mit Dillon im nämlichen Zimmer, Dillon hat getrunken und geplaudert.

BARRÈRE. Er schneidet sich mit seiner Bouteille den Hals ab, das ist schon mehr vorgekommen.

ST. JUST. Dantons und Camilles Weiber sollen Geld unter das Volk werfen, Dillon soll ausbrechen, man will die Gefangnen befreien, der Convent soll gesprengt werden.

BARRÈRE. Das sind Mährchen.

ST. JUST. Wir werden sie aber mit dem Mährchen in Schlaf erzählen. Die Anzeige habe ich in Händen, dazu die Keckheit der Angeklagten, das Murren des Volks, die Bestürzung der Geschwornen, ich werde einen Bericht machen.

BARRÈRE. Ja, geh St. Just und spinne deine Perioden, worin jedes Komma ein Säbelhieb und jeder Punkt ein abgeschlagner Kopf ist.

ST. JUST. Der Convent muß decretiren, das Tribunal solle ohne Unterbrechung den Proceß fortführen und dürfe jeden Angeklagten, welcher die dem Gerichte schuldige Achtung verletzte oder störende Auftritte veranlaßte von den Debatten ausschließen.

BARRÈRE. Du hast einen revolutionären Instinct, das lautet ganz gemäßigt und wird doch seine Wirkung thun. Sie können nicht schweigen, Danton muß schreien.

ST. JUST. Ich zähle auf eure Unterstützung. Es giebt Leute im Convent, die eben so krank sind wie Danton und welche die nemliche Kur fürchten. Sie haben wieder Muth bekommen, sie werden über Verletzung der Formen schreien ...

BARRÈRE *ihn unterbrechend.* Ich werde ihnen sagen: zu Rom wurde der Consul, welcher die Verschwörung des Catilina entdeckte und die Verbrecher auf der Stelle mit dem Tod bestrafte, der verletzten Förmlichkeit angeklagt. Wer waren seine Ankläger?

COLLOT *mit Pathos.* Geh St. Just. Die Lava der Revolution fließt. Die Freiheit wird die Schwächlinge, welche ihren mächtigen Schooß befruchten wollten, in ihren Umarmungen ersticken, die Majestät des Volks wird ihnen wie Jupiter der Semele unter Donner und Blitz erscheinen und sie in Asche verwandeln. Geh St. Just wir werden dir helfen den Donnerkeil auf die Häupter der Feiglinge zu schleudern. *St. Just ab.*

BARRÈRE. Hast du das Wort *Kur* gehört? Sie werden noch aus der Guillotine ein Specificum gegen die Lustseuche machen.

Sie kämpfen nicht mit den Moderirten, sie kämpfen mit dem Laster.

BILLAUD. Bis jezt geht unser Weg zusammen.

BARRÈRE. Robespierre will aus der Revolution einen Hörsaal für Moral machen und die Guillotine als Katheder gebrauchen.

BILLAUD. Oder als Betschemel.

COLLOT. Auf dem er aber alsdann nicht stehen, sondern liegen soll.

BARRÈRE. Das wird leicht gehen. Die Welt müßte auf dem Kopf stehen, wenn die sogenannten Spitzbuben von den sogenannten rechtlichen Leuten gehängt werden sollten.

COLLOT *zu Barrère*. Wann kommst du wieder nach Clichy?

BARRÈRE. Wenn der Arzt nicht mehr zu mir kommt.

COLLOT. Nicht wahr, über dem Ort steht ein Haarstern, unter dessen versengenden Strahlen dein Rückenmark ganz ausgedörrt wird.

BILLAUD. Nächstens werden die niedlichen Finger der reizenden Demahy es ihm aus dem Futterale ziehen und es als Zöpfchen über den Rücken hinunter hängen machen.

BARRÈRE *zuckt die Achseln*. Pst! Davon darf der Tugendhafte nichts wissen.

BILLAUD. Er ist ein impotenter Mahomet. *Billaud und Collot ab.*

BARRÈRE *allein*. Die Ungeheuer! »Es ist noch nicht lange genug, daß du den Tod wünschest!« Dieße Worte hätten die Zunge müssen verdorren machen, die sie gesprochen.

Und ich?

Als die Septembriseurs in die Gefängnisse drangen, faßt ein Gefangner sein Messer, er drängt sich unter die Mörder, er stößt es in die Brust eines Priesters, er ist gerettet! Wer kann was dawider haben? Ob ich mich nun unter die Mörder dränge, oder mich in den Wohlfahrtsausschuß setze, ob ich ein Guillotinen- oder ein Taschenmesser nehme? Es ist der nämliche Fall, nur mit etwas verwickelteren Umständen, die Grundverhältnisse sind sich gleich.

Und durft' er einen morden, durfte er auch zwei, auch drei, auch noch mehr? wo hört das auf? Da kommen die Gerstenkörner, machen zwei einen Haufen, drei, vier, wieviel dann? Komm mein Gewissen, komm mein Hühnchen, komm bi, bi, bi, da ist Futter.
Doch – war ich auch Gefangner? Verdächtig war ich, das läuft auf eins hinaus, der Tod war mir gewiß. *Ab.*

III, 7 DIE CONCIERGERIE

Lacroix, Danton, Philippeau, Camille.

LACROIX. Du hast gut geschrien, Danton, hättest du dich etwas früher so um dein Leben gequält, es wäre jezt anders. Nicht wahr, wenn der Tod einem so unverschämt nahe kommt und so aus dem Hals stinkt und immer zudringlicher wird?

CAMILLE. Wenn er einen noch nothzüchtigte und seinen Raub unter Ringen und Kampf aus den heißen Gliedern riß! aber so in allen Formalitäten, wie bey der Hochzeit mit einem alten Weibe, wie die Pakten aufgesetzt, wie die Zeugen gerufen, wie das Amen gesagt und wie dann die Bettdecke gehoben wird und es langsam hereinkriecht mit seinen kalten Gliedern!

DANTON. Wär' es ein Kampf, daß die Arme und Zähne einander packten! aber es ist mir, als wäre ich in ein Mühlwerk gefallen und die Glieder würden mir langsam systematisch von der kalten physischen Gewalt abgedreht. So mechanisch getödtet zu werden!

CAMILLE. Da liegen allein, kalt, steif in dem feuchten Dunst der Fäulniß; vielleicht, daß einem der Tod das Leben langsam aus den Fibern martert, mit Bewußtseyn vielleicht sich wegzufaulen!

PHILIPPEAU. Seyd ruhig, meine Freunde. Wir sind wie die Herbstzeitlose, welche erst nach dem Winter Saamen trägt. Von Blumen, die versezt werden, unterscheiden wir uns nur dadurch, daß wir über dem Versuch ein wenig stinken. Ist das so arg?

DANTON. Eine erbauliche Aussicht! Von einem Misthaufen auf den andern! Nicht wahr, die göttliche Klassentheorie? Von prima nach sekunda, von sekunda nach tertia und so weiter? Ich habe die Schulbänke satt, ich habe mir Gesäßschwielen wie ein Affe darauf gesessen.

PHILIPPEAU. Was willst du denn?

DANTON. Ruhe.

PHILIPPEAU. Die ist in Gott.

DANTON. Im Nichts. Versenke dich in was Ruhigers, als das Nichts und wenn die höchste Ruhe Gott ist, ist nicht das Nichts Gott? Aber ich bin ein Atheist. Der verfluchte Satz: etwas kann nicht zu nichts werden! und ich bin etwas, das ist der Jammer!

Die Schöpfung hat sich so breit gemacht, da ist nichts leer, Alles voll Gewimmels.

Das Nichts hat sich ermordet, die Schöpfung ist seine Wunde, wir sind seine Blutstropfen, die Welt ist das Grab worin es fault.

Das lautet verrückt, es ist aber doch was Wahres daran.

CAMILLE. Die Welt ist der ewige Jude, das Nichts ist der Tod, aber er ist unmöglich. Oh nicht sterben können, nicht sterben können, wie es im Lied heißt.

DANTON. Wir sind Alle lebendig begraben und wie Könige in drei- oder vierfachen Särgen beygesezt, unter dem Himmel, in unsern Häusern, in unsern Röcken und Hemden.

Wir kratzen fünfzig Jahre lang am Sargdeckel. Ja wer an Vernichtung glauben könnte! dem wäre geholfen.

Da ist keine Hoffnung im Tod, er ist nur eine einfachere, das Leben eine verwickeltere, organisirtere Fäulniß, das ist der ganze Unterschied!

Aber ich bin gerad' einmal an dieße Art des Faulens gewöhnt, der Teufel weiß wie ich mit einer andern zu Recht komme.

O Julie! Wenn ich *allein* ginge! Wenn sie mich einsam ließe!

Und wenn ich ganz zerfiele, mich ganz auflöste – ich wäre eine Handvoll gemarterten Staubes, jedes meiner Atome könnte nur Ruhe finden bey ihr.
Ich kann nicht sterben, nein, ich kann nicht sterben. Wir müssen schreien, sie müssen mir jeden Lebenstropfen aus den Gliedern reißen.

III, 8 EIN ZIMMER

Fouquier, Amar, Vouland.

FOUQUIER. Ich weiß nicht mehr, was ich antworten soll, sie fordern eine Commission.

AMAR. Wir haben die Schurken, da hast du was du verlangst. *Er überreicht Fouquier ein Papier.*

VOULAND. Das wird sie zufrieden stellen.

FOUQUIER. Wahrhaftig, das hatten wir nöthig.

AMAR. Nun mache, daß wir und sie die Sache vom Hals bekommen.

III, 9 DAS REVOLUTIONSTRIBUNAL

DANTON. Die Republik ist in Gefahr und er hat keine Instruction! Wir appelliren an das Volk, meine Stimme ist noch stark genug um den Decemvirn die Leichenrede zu halten. Ich wiederhole es, wir verlangen eine Commission, wir haben wichtige Entdeckungen zu machen. Ich werde mich in die Citadelle der Vernunft zurückziehen, ich werde mit der Kanone der Wahrheit hervorbrechen und meine Feinde zermalmen. *Zeichen des Beifalls.*

Fouquier, Amar, Vouland treten ein.

FOUQUIER. Ruhe im Namen der Republik, Achtung dem Gesetz. Der Convent beschließt:
In Betracht daß in den Gefängnissen sich Spuren von Meute-

reien zeigen, in Betracht daß Dantons und Camilles Weiber Geld unter das Volk werfen und daß der General Dillon ausbrechen und sich an die Spitze der Empörer stellen soll um die Angeklagten zu befreien, in Betracht endlich, daß dieße selbst unruhige Auftritte herbeyzufuhren sich bemüht und das Tribunal zu beleidigen versucht haben, wird das Tribunal ermächtigt die Untersuchung ohne Unterbrechung fortzusetzen und jeden Angeklagten, der die dem Gesetze schuldige Ehrfurcht außer Augen setzen sollte, von den Debatten auszuschließen.

DANTON. Ich frage die Anwesenden, ob wir dem Tribunal, dem Volke oder dem Nationalconvent Hohn gesprochen haben?

VIELE STIMMEN. Nein! Nein!

CAMILLE. Die Elenden, sie wollen meine Lucile morden!

DANTON. Eines Tages wird man die Wahrheit erkennen. Ich sehe großes Unglück über Frankreich hereinbrechen. Das ist die Dictatur, sie hat ihren Schleier zerrissen, sie trägt die Stirne hoch, sie schreitet über unsere Leichen. *Auf Amar und Vouland deutend.* Seht da die feigen Mörder, seht da die Raben des Wohlfahrtsausschusses!

Ich klage Robespierre, St. Just und ihre Henker des Hochverraths an.

Sie wollen die Republik im Blut ersticken. Die Gleisen der Guillotinenkarren sind die Heerstraßen, auf welchen die Fremden in das Herz des Vaterlandes dringen sollen.

Wie lange sollen die Fußstapfen der Freiheit Gräber seyn?

Ihr wollt Brod und sie werfen euch Köpfe hin. Ihr durstet und sie machen euch das Blut von den Stufen der Guillotine lecken. *Heftige Bewegung unter den Zuhörern, Geschrei des Beyfalls.*

VIELE STIMMEN. Es lebe Danton, nieder mit den Decemvirn! *Die Gefangnen werden mit Gewalt hinausgeführt.*

PLATZ VOR DEM JUSTIZPALLAST

Ein Volkshaufe.

EINIGE STIMMEN. Nieder mit den Decemvirn! es lebe Danton!

ERSTER BÜRGER. Ja das ist wahr, Köpfe statt Brod, Blut statt Wein.

EINIGE WEIBER. Die Guillotine ist eine schlechte Mühle und Samson ein schlechter Bäckerknecht, wir wollen Brod, Brod!

ZWEITER BÜRGER. Euer Brod, das hat Danton gefressen, sein Kopf wird euch Allen wieder Brot geben, er hatte Recht.

ERSTER BÜRGER. Danton war unter uns am 10. August, Danton war unter uns im September. Wo waren die Leute, welche ihn angeklagt haben?

ZWEITER BÜRGER. Und Lafayette war mit euch in Versailles und war doch ein Verräther.

ERSTER BÜRGER. Wer sagt, daß Danton ein Verräther sey?

ZWEITER BÜRGER. Robespierre.

ERSTER BÜRGER. Und Robespierre ist ein Verräther.

ZWEITER BÜRGER. Wer sagt das?

ERSTER BÜRGER. Danton.

ZWEITER BÜRGER. Danton hat schöne Kleider, Danton hat ein schönes Haus, Danton hat eine schöne Frau, er badet sich in Burgunder, ißt das Wildpret von silbernen Tellern und schläft bey euren Weibern und Töchtern, wenn er betrunken ist.
Danton war arm, wie ihr. Woher hat er das Alles?
Das Veto hat es ihm gekauft, damit er ihm die Krone rette.
Der Herzog von Orléans hat es ihm geschenkt, damit er ihm die Krone stehle.
Der Fremde hat es ihm gegeben, damit er euch Alle verrathe.
Was hat Robespierre? der tugendhafte Robespierre. Ihr kennt ihn Alle.

ALLE. Es lebe Robespierre! Nieder mit Danton! Nieder mit dem Verräther!

Vierter Act

IV, 1 EIN ZIMMER

Julie, ein Knabe.

JULIE. Es ist aus. Sie zitterten vor ihm. Sie tödten ihn aus Furcht. Geh! ich habe ihn zum Letztenmal gesehen, sag' ihm ich könne ihn nicht *so* sehen. *Sie giebt ihm eine Locke.* Da, bring ihm das und sag' ihm er würde nicht allein gehn. Er versteht mich schon und dann schnell zurück, ich will seine Blicke aus deinen Augen lesen.

IV, 2 EINE STRASSE

Dumas, ein Bürger.

BÜRGER. Wie kann man nach einem solchen Verhör soviel Unglückliche zum Tod verurtheilen?

DUMAS. Das ist in der That außerordentlich, aber die Revolutionsmänner haben einen Sinn, der andern Menschen fehlt, und dießer Sinn trügt sie nie.

BÜRGER. Das ist der Sinn des Tiegers. – Du hast ein Weib.

DUMAS. Ich werde bald eins gehabt haben.

BÜRGER. So ist es denn wahr!

DUMAS. Das Revolutionstribunal wird unsere Ehescheidung aussprechen, die Guillotine wird uns von Tisch und Bett trennen.

BÜRGER. Du bist ein Ungeheuer!

DUMAS. Schwachkopf! du bewunderst Brutus?

BÜRGER. Von ganzer Seele.

DUMAS. Muß man denn gerade römischer Consul seyn und sein Haupt mit der Toga verhüllen können um sein Liebstes dem Vaterlande zu opfern? Ich werde mir die Augen mit dem Aermel meines rothen Fracks abwischen, das ist der ganze Unterschied.

BÜRGER. Das ist entsetzlich.
DUMAS. Geh, du begreifst mich nicht. *Sie gehen ab.*

IV, 3 DIE CONCIERGERIE

Lacroix, Hérault (auf einem Bett), Danton, Camille (auf einem andern).

LACROIX. Die Haare wachsen einem so und die Nägel man muß sich wirklich schämen.

HÉRAULT. Nehmen Sie sich ein wenig in Acht, Sie niesen mir das ganze Gesicht voll Sand.

LACROIX. Und treten Sie mir nicht so auf die Füße, Bester, ich habe Hühneraugen.

HÉRAULT. Sie leiden noch an Ungeziefer.

LACROIX. Ach, wenn ich nur einmal die Würmer ganz los wäre.

HÉRAULT. Nun, schlafen Sie wohl, wir müssen sehen wie wir mit einander zu Recht kommen, wir haben wenig Raum. Kratzen Sie mich nicht mit Ihren Nägeln im Schlaf. So! Zerren Sie nicht so am Leichtuch, es ist kalt da unten.

DANTON. Ja Camille, morgen sind wir durchgelaufne Schuhe, die man der Bettlerin Erde in den Schooß wirft.

CAMILLE. Das Rindsleder, woraus nach Platon die Engel sich Pantoffeln geschnitten und damit auf der Erde herumtappen. Es geht aber auch danach. Meine Lucile!

DANTON. Sey ruhig, mein Junge.

CAMILLE. Kann ich's? Glaubst du Danton? Kann ich's? Sie können die Hände nicht an sie legen. Das Licht der Schönheit, das von ihrem süßen Leib sich ausgießt, ist unlöschbar. Unmöglich! Sieh die Erde würde nicht wagen sie zu verschütten, sie würde sich um sie wölben, der Grabdunst würde wie Thau an ihren Wimpern funkeln, Crystalle würden wie Blumen um ihre Glieder sprießen und helle Quellen in Schlaf sie murmeln.

DANTON. Schlafe, mein Junge, schlafe.

CAMILLE. Höre Danton, unter uns gesagt, es ist so elend sterben müssen. Es hilft auch zu nichts. Ich will dem Leben noch die letzten Blicke aus seinen hübschen Augen stehlen, ich will die Augen offen haben.

DANTON. Du wirst sie ohnehin offen behalten, Samson drückt einem die Augen nicht zu. Der Schlaf ist barmherziger. Schlafe, mein Junge, schlafe.

CAMILLE. Lucile, deine Küsse phantasiren auf meinen Lippen, jeder Kuß wird ein Traum, meine Augen sinken und schließen ihn fest ein.

DANTON. Will denn die Uhr nicht ruhen? Mit jedem Picken schiebt sie die Wände enger um mich, bis sie so eng sind wie ein Sarg.

Ich las einmal als Kind so n'e Geschichte, die Haare standen mir zu Berg.

Ja als Kind! Das war der Mühe werth mich so groß zu füttern und mich warm zu halten. Bloß Arbeit für den Todtengräber!

Es ist mir, als röch' ich schon. Mein lieber Leib, ich will mir die Nase zuhalten und mir einbilden du seyst ein Frauenzimmer, was vom Tanzen schwizt und stinkt und dir Artigkeiten sagen. Wir haben uns sonst schon mehr miteinander die Zeit vertrieben.

Morgen bist du eine zerbrochne Fiedel, die Melodie darauf ist ausgespielt. Morgen bist du eine leere Bouteille, der Wein ist ausgetrunken, aber ich habe keinen Rausch davon und gehe nüchtern zu Bett. Das sind glückliche Leute, die sich noch besaufen können. Morgen bist du eine durchgerutschte Hose, du wirst in die Garderobe geworfen und die Motten werden dich fressen, du magst stinken wie du willst.

Ach das hilft nichts. Ja wohl, s' ist so elend sterben müssen. Der Tod äfft die Geburt, beym Sterben sind wir so hülflos und nackt, wie neugeborne Kinder. Freilich, wir bekommen das Leichentuch zur Windel. Was wird es helfen? Wir können im Grab so gut wimmern, wie in der Wiege.

Camille! er schläft, *indem er sich über ihn bückt* ein Traum spielt zwischen seinen Wimpern. Ich will den goldnen Thau des Schlafes ihm nicht von den Augen streifen.

Er erhebt sich und tritt ans Fenster. Ich werde nicht allein gehn, ich danke dir Julie. Doch hätte ich anders sterben mögen, so ganz mühelos, so wie ein Stern fällt, wie ein Ton sich selbst aushaucht, sich mit den eignen Lippen todtküßt, wie ein Lichtstrahl in klaren Fluthen sich begräbt. –

Wie schimmernde Thränen sind die Sterne durch die Nacht gesprengt, es muß ein großer Jammer in dem Aug seyn, von dem sie abträufelten.

CAMILLE. Oh! *Er hat sich aufgerichtet und tastet nach der Decke.*

DANTON. Was hast du Camille?

CAMILLE. Oh, oh!

DANTON *schüttelt ihn.* Willst du die Decke herunterkratzen?

CAMILLE. Ach du, du, o halt mich, sprich, du!

DANTON. Du bebst an allen Gliedern, der Schweiß steht dir auf der Stirne.

CAMILLE. Das bist du, das ich, so! Das ist meine Hand! ja jezt besinn' ich mich. O Danton, das war entsezlich.

DANTON. Was denn?

CAMILLE. Ich lag so zwischen Traum und Wachen. Da schwand die Decke und der Mond sank herein, ganz nahe, ganz dicht, mein Arm erfaßt' ihn. Die Himmelsdecke mit ihren Lichtern hatte sich gesenkt, ich stieß daran, ich betastete die Sterne, ich taumelte wie ein Ertrinkender unter der Eisdecke. Das war entsezlich Danton.

DANTON. Die Lampe wirft einen runden Schein an die Decke, das sahst du.

CAMILLE. Meinetwegen, es braucht grade nicht viel um einem das Bißchen Verstand verlieren zu machen. Der Wahnsinn faßte mich bey den Haaren, *er erhebt sich* ich mag nicht mehr schlafen, ich mag nicht verrückt werden. *Er greift nach einem Buch.*

DANTON. Was nimmst du?

CAMILLE. Die Nachtgedanken.

DANTON. Willst du zum Voraus sterben? Ich nehme die Pucelle. Ich will mich aus dem Leben nicht wie aus dem Betstuhl, sondern wie aus dem Bett einer barmherzigen Schwester wegschleichen. Es ist eine Hure, es treibt mit der ganzen Welt Unzucht.

IV, 4 PLATZ VOR DER CONCIERGERIE

Ein Schließer, zwei Fuhrleute mit Karren, Weiber.

SCHLIESSER. Wer hat euch herfahren geheißen?

ERSTER FUHRMANN. Ich heiße nicht Herfahren, das ist ein kurioser Namen.

SCHLIESSER. Dummkopf, wer hat dir die Bestallung dazu gegeben?

ERSTER FUHRMANN. Ich habe keine Stallung dazu kriegt, nichts als zehn sous für den Kopf.

ZWEITER FUHRMANN. Der Schuft will mich um's Brod bringen.

ERSTER FUHRMANN. Was nennst du dein Brod? *Auf die Fenster der Gefangnen deutend.* Das ist Wurmfraß.

ZWEITER FUHRMANN. Meine Kinder sind auch Würmer und die wollen auch ihr Theil davon. Oh, es geht schlecht mit unsrem métier und doch sind wir die besten Fuhrleute.

ERSTER FUHRMANN. Wie das?

ZWEITER FUHRMANN. Wer ist der beste Fuhrmann?

ERSTER FUHRMANN. Der am Weitesten und am Schnellsten fährt.

ZWEITER FUHRMANN. Nun Esel, wer fährt weiter, als der aus der Welt fährt und wer fährt schneller, als der's in einer Viertelstunde thut? Genau gemessen ist's eine Viertelstund von da bis zum Revolutionsplatz.

SCHLIESSER. Rasch, ihr Schlingel! Näher an's Thor, Platz da ihr Mädel.

ERSTER FUHRMANN. Halt't euren Platz vor! um ein Mädel fährt man nit herum, immer in die Mitt 'nein.

ZWEITER FUHRMANN. Ja das glaub' ich, du kannst mit Karren und Gäulen hinein, du findst gute Gleise, aber du mußt Quarantän halten, wenn du heraus kommst. *Sie fahren vor.*

ZWEITER FUHRMANN *zu den Weibern.* Was gafft ihr?

EIN WEIB. Wir warten auf alte Kunden.

ZWEITER FUHRMANN. Meint ihr, mein Karren wär' ein Bordell? Er ist ein anständiger Karren, er hat den König und alle vornehmen Herren aus Paris zur Tafel gefahren.

LUCILE *tritt auf. Sie setzt sich auf einen Stein unter die Fenster der Gefangnen.* Camille, Camille! *Camille erscheint am Fenster.* Höre Camille, du machst mich lachen mit dem langen Steinrock und der eisernen Maske vor dem Gesicht, kannst du dich nicht bücken? Wo sind deine Arme?

Ich will dich locken, lieber Vogel.

Singt. Es stehn zwei Sternlein an dem Himmel,
Scheinen heller als der Mond,
Der ein' scheint vor Feinsliebchens Fenster,
Der andre vor die Kammerthür.

Komm, komm, mein Freund! Leise die Treppe herauf, sie schlafen Alle. Der Mond hilft mir schon lange warten. Aber du kannst ja nicht zum Thor herein, das ist eine unleidliche Tracht. Das ist zu arg für den Spaß, mach ein Ende. Du rührst dich auch gar nicht, warum sprichst du nicht? Du machst mir Angst.

Höre! die Leute sagen du müßtest sterben, und machen dazu so ernsthafte Gesichter. Sterben! ich muß lachen über die Gesichter. Sterben! Was ist das für ein Wort? Sag rnir's Camille. Sterben! Ich will nachdenken. Da, da ist's. Ich will ihm nachlaufen, komm, süßer Freund, hilf mir fangen, komm! komm! *Sie läuft weg.*

CAMILLE *ruft.* Lucile! Lucile!

DIE CONCIERGERIE

Danton an einem Fenster, was in das nächste Zimmer geht. Camille, Philippeau, Lacroix, Hérault.

DANTON. Du bist jezt ruhig, Fabre.

EINE STIMME *von innen*. Am Sterben.

DANTON. Weißt du auch, was wir jezt machen werden?

DIE STIMME. Nun?

DANTON. Was du dein ganzes Leben hindurch gemacht hast – des vers.

CAMILLE *für sich*. Der Wahnsinn saß hinter ihren Augen. Es sind schon mehr Leute wahnsinnig geworden, das ist der Lauf der Welt. Was können wir dazu? Wir waschen unsere Hände. Es ist auch besser so.

DANTON. Ich lasse Alles in einer schrecklichen Verwirrung. Keiner versteht das Regieren. Es könnte vielleicht noch gehn, wenn ich Robespierre meine Huren und Couthon meine Waden hinterließe.

LACROIX. Wir hätten die Freiheit zur Hure gemacht!

DANTON. Was wäre es auch! Die Freiheit und eine Hure sind die kosmopolitischsten Dinge unter der Sonne. Sie wird sich jezt anständig im Ehebett des Advokaten von Arras prostituiren. Aber ich denke sie wird die Clytemnaestra gegen ihn spielen, ich lasse ihm keine sechs Monate Frist, ich ziehe ihn mit mir.

CAMILLE *für sich*. Der Himmel verhelf' ihr zu einer behaglichen fixen Idee. Die allgemeinen fixen Ideen, welche man die gesunde Vernunft tauft, sind unerträglich langweilig. Der glücklichste Mensch war der, welcher sich einbilden konnte, daß er Gott Vater, Sohn und heiliger Geist sey.

LACROIX. Die Esel werden schreien »Es lebe die Republik«, wenn wir vorbeygehen.

DANTON. Was liegt daran? Die Sündfluth der Revolution mag unsere Leichen absetzen wo sie will, mit unsern fossilen Knochen wird man noch immer allen Königen die Schädel einschlagen können.

HÉRAULT. Ja, wenn sich gerade ein Simson für unsere Kinnbakken findet.

DANTON. Sie sind Cainsbrüder.

LACROIX. Nichts beweißt mehr, daß Robespierre ein Nero ist, als der Umstand, daß er gegen Camille nie freundlicher war, als zwei Tage vor dessen Verhaftung. Ist es nicht so Camille?

CAMILLE. Meinetwegen, was geht das mich an?

Für sich. Was sie an dem Wahnsinn ein reizendes Kind geboren hat. Warum muß ich jezt fort? Wir hätten zusammen mit ihm gelacht, es gewiegt und geküßt.

DANTON. Wenn einmal die Geschichte ihre Grüfte öffnet kann der Despotismus noch immer an dem Duft unsrer Leichen ersticken.

HÉRAULT. Wir stanken bey Lebzeiten schon hinlänglich.

Das sind Phrasen für die Nachwelt, nicht wahr Danton, uns gehn sie eigentlich nichts an.

CAMILLE. Er zieht ein Gesicht, als solle es versteinern und von der Nachwelt als Antike ausgegraben werden.

Das verlohnt sich auch der Mühe Mäulchen zu machen und Roth aufzulegen und mit einem guten Accent zu sprechen; wir sollten einmal die Masken abnehmen, wir sähen dann wie in einem Zimmer mit Spiegeln überall nur den einen uralten, zahllosen, unverwüstlichen Schaafskopf, nichts mehr, nichts weniger. Die Unterschiede sind so groß nicht, wir Alle sind Schurken und Engel, Dummköpfe und Genies und zwar das Alles in Einem, die vier Dinge finden Platz genug in dem nemlichen Körper, sie sind nicht so breit, als man sich einbildet. Schlafen, Verdaun, Kinder machen das treiben Alle, die übrigen Dinge sind nur Variationen aus verschiedenen Tonarten über das nemliche Thema. Da braucht man sich auf die Zehen zu stellen und Gesichter zu schneiden, da braucht man sich voreinander zu geniren. Wir haben uns Alle am nemlichen Tische krank gegessen und haben Leibgrimmen, was haltet ihr euch die Servietten vor das Gesicht, schreit nur und greint wie es euch ankommt.

Schneidet nur keine so tugendhafte und so witzige und so heroische und so geniale Grimassen, wir kennen uns ja einander, spart euch die Mühe.

HÉRAULT. Ja Camille, wir wollen uns beieinandersetzen und schreien, nichts dummer als die Lippen zusammenzupressen, wenn einem was weh thut.

Griechen und Götter schrieen, Römer und Stoiker machten die heroische Fratze.

DANTON. Die Einen waren so gut Epicuräer wie die Andern. Sie machten sich ein ganz behagliches Selbstgefühl zurecht. Es ist nicht so übel seine Toga zu drapieren und sich umzusehen ob man einen langen Schatten wirft. Was sollen wir uns zerren? Ob wir uns nun Lorbeerblätter, Rosenkränze oder Weinlaub vor die Schaam binden, oder das häßliche Ding offen tragen und es uns von den Hunden lecken lassen?

PHILIPPEAU. Meine Freunde man braucht gerade nicht hoch über der Erde zu stehen um von all dem wirren Schwanken und Flimmern nichts mehr zu sehen und die Augen von einigen großen, göttlichen Linien erfüllt zu haben. Es giebt ein Ohr für welches das Ineinanderschreien und der Zeter, die uns betäuben, ein Strom von Harmonien sind.

DANTON. Aber wir sind die armen Musicanten und unsere Körper die Instrumente. Sind die häßlichen Töne, welche auf ihnen herausgepfuscht werden nur da um höher und höher dringend und endlich leise verhallend wie ein wollüstiger Hauch in himmlischen Ohren zu sterben?

HÉRAULT. Sind wir wie Ferkel, die man für fürstliche Tafeln mit Ruthen todtpeitscht, damit ihr Fleisch schmackhafter werde?

DANTON. Sind wir Kinder, die in den glühenden Molochsarmen dießer Welt gebraten und mit Lichtstrahlen gekitzelt werden, damit die Götter sich über ihr Lachen freuen?

CAMILLE. Ist denn der Aether mit seinen Goldaugen eine Schüssel mit Goldkarpfen, die am Tisch der seeligen Götter steht und die seeligen Götter lachen ewig und die Fische sterben ewig und die Götter erfreuen sich ewig am Farbenspiel des Todeskampfes?

DANTON. Die Welt ist das Chaos. Das Nichts ist der zu gebärende Weltgott.

Der Schließer tritt ein.

SCHLIESSER. Meine Herren, Sie können abfahren, die Wagen halten vor der Thür.

PHILIPPEAU. Gute Nacht meine Freunde, ziehen wir ruhig die große Decke über uns, worunter alle Herzen ausschlagen und alle Augen zufallen. *Sie umarmen einander.*

HÉRAULT *nimmt Camilles Arm.* Freue dich Camille, wir bekommen eine schöne Nacht. Die Wolken hängen am stillen Abendhimmel wie ein ausglühender Olymp mit verbleichenden, versinkenden Göttergestalten. *Sie gehen ab.*

IV, 6 EIN ZIMMER

JULIE. Das Volk lief in den Gassen, jezt ist Alles still.
Keinen Augenblick möchte ich ihn warten lassen.
Sie zieht eine Phiole hervor. Komm liebster Priester, dessen Amen uns zu Bette gehn macht.
Sie tritt ans Fenster. Es ist so hübsch Abschied zu nehmen, ich habe die Thüre nur noch hinter mir zuzuziehen. *Sie trinkt.*
Man möchte immer so stehn. Die Sonne ist hinunter. Der Erde Züge waren so scharf in ihrem Licht, doch jezt ist ihr Gesicht so still und ernst wie einer Sterbenden. Wie schön das Abendlicht ihr um Stirn und Wangen spielt.
Stets bleicher und bleicher wird sie, wie eine Leiche treibt sie abwärts in der Fluth des Aethers; will denn kein Arm sie bey den goldnen Locken fassen und aus dem Strom sie ziehen und sie begraben?
Ich gehe leise. Ich küsse sie nicht, daß kein Hauch, kein Seufzer sie aus dem Schlummer wecke.
Schlafe, schlafe. *Sie stirbt.*

Die Wagen kommen angefahren und halten vor der Guillotine. Männer und Weiber singen und tanzen die Carmagnole. Die Gefangnen stimmen die Marseillaise an.

EIN WEIB MIT KINDERN. Platz! Platz! Die Kinder schreien, sie haben Hunger. Ich muß sie zusehen machen, daß sie still sind. Platz!

EIN WEIB. He Danton, du kannst jezt mit den Würmern Unzucht treiben.

EINE ANDERE. Hérault, aus deinen hübschen Haaren laß' ich mir eine Perücke machen.

HÉRAULT. Ich habe nicht Waldung genug für einen so abgeholzten Venusberg.

CAMILLE. Verfluchte Hexen! Ihr werdet noch schreien: »Ihr Berge fallet auf uns!«

EIN WEIB. Der Berg ist auf euch oder ihr seyd ihn vielmehr hinunter gefallen.

DANTON *zu Camille.* Ruhig, mein Junge, du hast dich heiser geschrieen.

CAMILLE *giebt dem Fuhrmann Geld.* Da alter Charon, dein Karren ist ein guter Präsentirteller.
Meine Herren, ich will mich zuerst serviren. Das ist ein klassisches Gastmahl, wir liegen auf unsern Plätzen und verschütten etwas Blut als Libation. Adieu Danton. *Er besteigt das Blutgerüst. Die Gefangnen folgen ihm einer nach dem andern. Danton steigt zulezt hinauf.*

LACROIX *zu dem Volk.* Ihr tödtet *uns* an dem Tage, wo ihr den Verstand verloren habt; ihr werdet *sie* an dem tödten, wo ihr ihn wiederbekommt.

EINIGE STIMMEN. Das war schon einmal da, wie langweilig!

LACROIX. Die Tyrannen werden über unsern Gräbern den Hals brechen.

HÉRAULT *zu Danton.* Er hält seine Leiche für ein Mistbeet der Freiheit.

PHILIPPEAU *auf dem Schafott.* Ich vergebe euch, ich wünsche eure Todesstunde sey nicht bittrer als die meinige.

HÉRAULT. Dacht' ich's doch, er muß sich noch einmal in den Busen greifen und den Leuten da unten zeigen, daß er reine Wäsche hat.

FABRE. Lebewohl Danton. Ich sterbe doppelt.

DANTON. Adieu mein Freund. Die Guillotine ist der beste Arzt.

HÉRAULT *will Danton umarmen.* Ach Danton, ich bringe nicht einmal einen Spaß mehr heraus. Da ist's Zeit. *Ein Henker stößt ihn zurück.*

DANTON *zum Henker.* Willst du grausamer seyn als der Tod? Kannst du verhindern, daß unsere Köpfe sich auf dem Boden des Korbes küssen?

IV, 8 EINE STRASSE

LUCILE. Es ist doch was wie Ernst darin. Ich will einmal nachdenken. Ich fange an so was zu begreifen.

Sterben – Sterben –

Es darf ja Alles leben, Alles, die kleine Mücke da, der Vogel. Warum denn er nicht? Der Strom des Lebens müßte stocken, wenn nur der eine Tropfen verschüttet würde. Die Erde müßte eine Wunde bekommen von dem Streich.

Es regt sich Alles, die Uhren gehen, die Glocken schlagen, die Leute laufen, das Wasser rinnt und so, so Alles weiter bis da, dahin – nein! es darf nicht geschehen, nein – ich will mich auf den Boden setzen und schreien, daß erschrocken Alles stehn bleibt, Alles stockt, sich nichts mehr regt. *Sie setzt sich nieder, verhüllt sich die Augen und stößt einen Schrei aus. Nach einer Pause erhebt sie sich.*

Das hilft nichts, da ist noch Alles wie sonst, die Häuser, die Gasse, der Wind geht, die Wolken ziehen. – Wir müssen's wohl leiden.

Einige Weiber kommen die Gasse herunter.

ERSTES WEIB. Ein hübscher Mann, der Hérault.

ZWEITES WEIB. Wie er beym Constitutionsfest so am Triumphbogen stand da dacht' ich so, der muß sich gut auf der Guillotine ausnehmen, dacht' ich. Das war so ne Ahnung.

DRITTES WEIB. Ja man muß die Leute in allen Verhältnissen sehen, es ist recht gut, daß das Sterben so öffentlich wird. *Sie gehen vorbey.*

LUCILE. Mein Camille! Wo soll ich dich jezt suchen?

IV, 9 DER REVOLUTIONSPLATZ

Zwei Henker an der Guillotine beschäftigt.

ERSTER HENKER *steht auf der Guillotine und singt.*

Und wann ich harne geh
Scheint der Mond so scheeh ...

ZWEITER HENKER. He! Holla! Bist bald fertig?

ERSTER HENKER. Gleich, gleich!

Singt. Scheint in meines Ellervaters Fenster
Kerl wo bleibst so lang bey de Menscher?

So! die Jacke her! *Sie gehn singend ab.*

Und wann ich harne geh
Scheint der Mond so scheeh.

LUCILE *tritt auf und setzt sich auf die Stufen der Guillotine.* Ich setze mich auf deinen Schooß, du stiller Todesengel.

Sie singt. Es ist ein Schnitter, der heißt Tod,
Hat Gewalt vom höchsten Gott.

Du liebe Wiege, die du meinen Camille in Schlaf gelullt, ihn unter deinen Rosen erstickt hast.

Du Todtenglocke, die du ihn mit deiner süßen Zunge zu Grabe sangst.

Sie singt. Viel hunderttausend ungezählt,
Was nur unter die Sichel fällt.

Eine Patrouille tritt auf.

EIN BÜRGER. He werda?
LUCILE. Es lebe der König!
BÜRGER. Im Namen der Republik. *Sie wird von der Wache umringt und weggeführt.*

Leonce und Lena

Ein Lustspiel

Vorrede
Alfieri: ›E la fama?‹
Gozzi: ›E la fame?‹

Personen

KÖNIG PETER vom Reiche Popo
PRINZ LEONCE, sein Sohn, verlobt mit
PRINZESSIN LENA vom Reiche Pipi
VALERIO
DIE GOUVERNANTE
DER HOFMEISTER
DER CEREMONIENMEISTER
DER PRÄSIDENT DES STAATSRATHS
DER HOFPREDIGER
DER LANDRATH
DER SCHULMEISTER
ROSETTA
Bediente, Staatsräthe, Bauern etc.

Erster Act

O wär' ich doch ein Narr!
Mein Ehrgeiz geht auf eine bunte Jacke.
Wie es Euch gefällt.

Erste Szene

EIN GARTEN

Leonce halb ruhend auf einer Bank. Der Hofmeister.

LEONCE. Mein Herr, was wollen Sie von mir? Mich auf meinen Beruf vorbereiten? Ich habe alle Hände voll zu thun, ich weiß mir vor Arbeit nicht zu helfen. Sehen Sie, erst habe ich auf den Stein hier dreihundert fünf und sechzig Mal hintereinander zu spucken. Haben Sie das noch nicht probirt? Thun Sie es, es gewährt eine ganz eigne Unterhaltung. Dann – sehen Sie diese Hand voll Sand? – *er nimmt Sand auf wirft ihn in die Höhe und fängt ihn mit dem Rücken der Hand wieder auf* – jetzt werf' ich sie in die Höhe. Wollen wir wetten? Wieviel Körnchen hab' ich jetzt auf dem Handrücken? Grad oder ungrad? – Wie? Sie wollen nicht wetten? Sind Sie ein Heide? Glauben Sie an Gott? Ich wette gewöhnlich mit mir selbst und kann es tagelang so treiben. Wenn Sie einen Menschen aufzutreiben wissen, der Lust hätte ⟨als⟩ mit mir zu wetten, so werden Sie mich sehr verbinden. Dann – habe ich nachzudenken, wie es wohl angehn mag, daß ich mir einmal auf den Kopf sehe. – O wer sich einmal auf den Kopf sehen könnte! Das ist eins von meinen Idealen. ⟨Mir wäre geholfen.⟩ Und dann – und dann noch unendlich Viel der Art. – Bin ich ein Müßiggänger? Habe ich keine Beschäftigung? – Ja es ist traurig …

HOFMEISTER. Sehr traurig, Eu⟨er⟩ Hoheit.

LEONCE. Daß die Wolken schon seit drei Wochen von Westen nach Osten ziehen. Es macht mich ganz melancholisch.

HOFMEISTER. Eine sehr gegründete Melancholie.

LEONCE. Mensch, warum widersprechen Sie mir nicht? Sie ⟨sind pressirt,⟩ nicht wahr? Es ist mir leid, daß ich Sie so lange aufgehalten habe. *Der Hofmeister entfernt sich mit einer tiefen Verbeugung.* Mein Herr, ich gratulire Ihnen zu der schönen Parenthese, die Ihre Beine machen, wenn Sie sich verbeugen.

LEONCE *allein, streckt sich auf der Bank aus.* Die Bienen sitzen so träg an den Blumen, und der Sonnenschein liegt so faul auf dem Boden. Es krassirt ein entsetzlicher Müßiggang. – Müßiggang ist aller Laster Anfang. – Was die Leute nicht Alles aus Langeweile treiben! Sie studiren aus Langeweile, sie beten aus Langeweile, sie verlieben, verheirathen und vermehren sich aus Langeweile und sterben endlich ⟨an der⟩ Langeweile und – und das ist der Humor davon – Alles mit den wichtigsten Gesichtern, ohne zu merken warum, und meinen Gott weiß was ⟨dabei⟩. Alle diese Helden, diese Genies, diese Dummköpfe, diese Heiligen, diese Sünder, diese Familienväter sind im Grunde nichts als raffinirte Müßiggänger. – Warum muß ich es grade wissen? Warum kann ich mir nicht wichtig werden und der armen Puppe einen Frack anziehen und einen Regenschirm in die Hand geben, daß sie sehr rechtlich und sehr nützlich und sehr moralisch würde? – Der Mann, der eben von mir ging, ich beneidete ihn, ich hätte ihn aus Neid prügeln mögen. O wer einmal jemand Anders sein könnte! Nur 'ne Minute lang. –

Valerio, ⟨halb trunken, kommt gelaufen.⟩

LEONCE. Wie der Mensch läuft! Wenn ich nur etwas unter der Sonne wüßte, was mich noch könnte laufen machen.

VALERIO *stellt sich dicht vor den Prinzen, legt den Finger an die Nase und sieht ihn starr an.* Ja!

LEONCE *eben so.* Richtig!

VALERIO. Haben Sie mich begriffen?

LEONCE. Vollkommen.

VALERIO. Nun, so wollen wir von etwas Anderm reden. *Er legt sich ins Gras.* Ich werde mich indessen in das Gras legen und meine Nase oben zwischen den Halmen herausblühen lassen und romantische Empfindungen beziehen, wenn die Bienen und Schmetterlinge sich darauf wiegen, wie auf einer Rose.

LEONCE. Aber Bester, schnaufen Sie nicht so stark, oder die Bienen und Schmetterlinge müssen verhungern über den ungeheuren Prisen, die Sie aus den Blumen ziehen.

VALERIO. Ach Herr, was ich ein Gefühl für die Natur habe! Das Gras steht so schön, daß man ein Ochs sein möchte, um es fressen zu können, und dann wieder ein Mensch, um den Ochsen zu ⟨fressen,⟩ der solches Gras gefressen.

LEONCE. Unglücklicher, Sie scheinen auch an Idealen zu laboriren.

VALERIO. Es ist ein Jammer. Man kann keinen Kirchthurm herunterspringen, ohne den Hals zu brechen. Man kann keine vier Pfund Kirschen mit den Steinen essen, ohne Leibweh zu kriegen. Seht, Herr, ich könnte mich in eine Ecke setzen und singen vom Abend bis zum Morgen: »Hei, da sitzt e Fleig an der Wand! Fleig an der Wand! Fleig an der Wand!« und so fort bis zum Ende meines Lebens.

LEONCE. Halt's Maul mit deinem Lied, man könnte darüber ein Narr werden.

VALERIO. So wäre man doch etwas. Ein Narr! Ein Narr! Wer will mir seine Narrheit gegen meine Vernunft verhandeln? Ha, ich bin Alexander der Große! Wie mir die Sonne eine goldne Krone in die Haare scheint, wie meine Uniform blitzt! Herr Generalissimus Heupferd, lassen Sie die Truppen anrükken! Herr Finanzminister Kreuzspinne, ich brauche Geld! Liebe Hofdame Libelle, was macht meine theure Gemahlin Bohnenstange? Ach bester Herr Leibmedicus Cantharide, ich bin um einen Erbprinzen verlegen. Und zu diesen köstlichen Phantasieen bekommt man gute Suppe, gutes Fleisch, gutes Brod, ein gutes Bett und das Haar umsonst geschoren – im Narrenhaus nämlich –, während ich mit meiner gesunden Vernunft mich höchstens noch zur Beförderung der Reife auf einen Kirschbaum verdingen könnte, um – nun? – um?

LEONCE. Um die Kirschen durch die Löcher in deinen Hosen schamroth zu machen! Aber Edelster, dein Handwerk, deine Profession, dein Gewerbe, dein Stand, deine Kunst?

VALERIO *mit Würde.* Herr, ich habe die große Beschäftigung, müßig zu gehen, ich habe eine ungemeine Fertigkeit im Nichtsthun, ich besitze eine ungeheure Ausdauer in der Faulheit. Keine Schwiele schändet meine Hände, der Boden hat noch keinen Tropfen von meiner Stirne getrunken, ich bin noch Jungfrau in der Arbeit, und wenn es mir nicht der Mühe zu viel wäre, würde ich mir die Mühe nehmen, Ihnen diese Verdienste weitläufiger auseinanderzusetzen.

LEONCE *mit komischem Enthusiasmus.* Komm an meine Brust! Bist du einer von den Göttlichen, welche mühelos mit reiner Stirne durch den Schweiß und Staub über die Heerstraße des Lebens wandeln, und mit glänzenden Sohlen und blühenden Leibern gleich seligen Göttern in den Olympus treten? Komm! Komm!

VALERIO *singt im Abgehen.* Hei! da sitzt e Fleig an der Wand! Fleig an der Wand! Fleig an der Wand! *Beide Arm in Arm ab.*

Zweite Scene

EIN ZIMMER

König Peter wird von zwei Kammerdienern angekleidet.

PETER *während er angekleidet wird.* Der Mensch muß denken und ich muß für meine Unterthanen denken, denn sie denken nicht, sie denken nicht. – Die Substanz ist das ›an sich‹, das bin ich. *Er läuft ⟨fast nackt⟩ im Zimmer herum.* Begriffen? An sich ist an sich, versteht ihr? Jetzt kommen meine Attribute, Modificationen, Affectionen und Accidenzien, wo ⟨ist mein Hemd, meine Hose?⟩ – Halt, ⟨pfui!⟩ der freie Wille steht ⟨davorn⟩ ganz offen. Wo ist die Moral, wo sind die Manschetten? Die Kategorien sind in der schändlichsten Verwirrung, es sind zwei Knöpfe zuviel zugeknöpft, die Dose steckt in der rechten Tasche. Mein ganzes System ist ruinirt. – H⟨a,⟩ was bedeutet der Knopf im Schnupftuch? Kerl, was bedeutet der Knopf, an was wollte ich mich erinnern?

ERSTER KAMMERDIENER. Als Eure Majestät diesen Knopf in Ihr Schnupftuch zu knüpfen geruhten, so wollten Sie …

⟨PETER.⟩ Nun?

ERSTER KAMMERDIENER. Sich an Etwas erinnern.

PETER. Eine verwickelte Antwort! – Ei! Nun ⟨an⟩ was meint Er?

ZWEITER KAMMERDIENER. Eure Majestät wollten sich an Etwas erinnern, als Sie diesen Knopf in Ihr Schnupftuch zu knüpfen geruhten.

PETER *läuft auf und ab*. Was? Was? Die Menschen machen mich confus, ich bin in der größten Verwirrung. Ich weiß mir nicht mehr zu helfen.

Ein Diener tritt auf.

DIENER. Eure Majestät, der Staatsrath ist versammelt.

PETER *freudig*. Ja, das ist's, das ist's. – ⟨Ich wollte mich an mein Volk erinnern!⟩ Kommen Sie meine Herren! Gehn Sie symmetrisch. Ist es nicht sehr heiß? Nehmen Sie doch auch Ihre Schnupftücher und wischen Sie sich das Gesicht. Ich bin immer so in Verlegenheit, wenn ich öffentlich sprechen soll. *Alle ab.*

König Peter. Der Staatsrath.

PETER. Meine Lieben und Getreuen, ich wollte euch hiermit kund und zu wissen thun, kund und zu wissen thun – denn entweder verheirathet sich mein Sohn, oder nicht, *legt den Finger an die Nase* entweder, oder – ihr versteht mich doch? Ein Drittes gibt es nicht. Der Mensch muß denken. *Steht eine Zeit lang sinnend*. Wenn ich so laut rede, so weiß ich nicht wer es eigentlich ist, ich oder ein Anderer, das ängstigt mich. *Nach langem Besinnen*. Ich bin ich. – Was halten Sie davon, Präsident?

PRÄSIDENT *gravitätisch langsam*. Eure Majestät, vielleicht ist es so, vielleicht ist es aber auch nicht so.

DER GANZE STAATSRATH IM CHOR. Ja, vielleicht ist es so, vielleicht ist es aber auch nicht so.

PETER *mit Rührung.* O meine Weisen! – Also von was war eigentlich die Rede? Von was wollte ich sprechen? Präsident, was haben Sie ein so kurzes Gedächtniß bei einer so feierlichen Gelegenheit? Die Sitzung ist aufgehoben. *Er entfernt sich feierlich, der ganze Staatsrath folgt ihm.*

Dritte Scene

EIN REICHGESCHMÜCKTER SAAL, KERZEN BRENNEN

Leonce mit einigen Dienern.

LEONCE. Sind alle Läden geschlossen? Zündet die Kerzen an! Weg mit dem Tag! Ich will Nacht, tiefe ambrosische Nacht. Stellt die Lampen unter Krystallglocken zwischen die Oleander, daß sie wie Mädchenaugen unter den Wimpern der Blätter hervorträumen. Rückt die Rosen näher, daß der Wein wie Thautropfen auf die Kelche sprudle. Musik! Wo sind die Violinen? Wo ist die Rosetta? Fort! Alle hinaus!

Die Diener gehen ab. Leonce streckt sich auf ein Ruhebett. Rosetta, zierlich gekleidet, tritt ein. Man hört Musik aus der Ferne.

ROSETTA *nähert sich schmeichelnd.* Leonce!

LEONCE. Rosetta!

ROSETTA. Leonce!

LEONCE. Rosetta!

ROSETTA. Deine Lippen sind träg. Vom Küssen?

LEONCE. Vom Gähnen!

ROSETTA. Oh!

LEONCE. Ach Rosetta, ich habe die entsetzliche Arbeit …

ROSETTA. Nun?

LEONCE. Nichts zu thun …

ROSETTA. Als zu lieben?

LEONCE. Freilich Arbeit!

ROSETTA *beleidigt. Leonce!*

LEONCE. Oder Beschäftigung.

ROSETTA. Oder Müßiggang.

LEONCE. Du hast Recht wie immer. Du bist ein kluges Mädchen, und ich halte viel auf deinen Scharfsinn.

ROSETTA. So liebst du mich aus Langeweile?

LEONCE. Nein, ich habe Langeweile, weil ich dich liebe. Aber ich Hebe meine Langeweile wie dich. Ihr seid eins. O dolce far niente, ich träume über deinen Augen, wie an wunderheimlichen tiefen Quellen, das Kosen deiner Lippen schläfert mich ein, wie Wellenrauschen. *Er umfaßt sie.* Komm liebe Langeweile, deine Küsse sind ein wollüstiges Gähnen, und deine Schritte sind ein zierlicher Hiatus.

ROSETTA. Du liebst mich, Leonce?

LEONCE. Ei warum nicht?

ROSETTA. Und immer?

LEONCE. Das ist ein langes Wort: immer! Wenn ich dich nun noch fünftausend Jahre und sieben Monate liebe, ist's genug? Es ist zwar viel weniger, als immer, ist aber doch eine erkleckliche Zeit, und wir können uns Zeit nehmen, uns zu lieben.

ROSETTA. Oder die Zeit kann uns das Lieben nehmen.

LEONCE. Oder das Lieben uns die Zeit. Tanze, Rosetta, tanze, daß die Zeit mit dem Takt deiner niedlichen Füße geht!

ROSETTA. Meine Füße gingen lieber aus der Zeit. *Sie tanzt und singt.*

O meine müden Füße, ihr müßt tanzen
In bunten Schuhen,
Und möchtet lieber tief, ⟨tief⟩
Im Boden ruhen.

O meine heißen Wangen, ihr müßt glühen
Im ⟨wilden⟩ Kosen,
Und möchtet lieber blühen
Zwei *weiße* Rosen.

O meine armen Augen, ihr müßt blitzen
Im Strahl der Kerzen,
Und ⟨lieber schlieft ihr aus im Dunkeln⟩
Von euren Schmerzen.

LEONCE *indeß träumend vor sich hin.* O, eine sterbende Liebe ist schöner, als eine werdende. Ich bin ein Römer; bei dem köstlichen Mahle spielen zum Dessert die goldnen Fische in ihren Todesfarben. Wie ihr das Roth von den Wangen stirbt, wie still das Auge ausglüht, wie leis das Wogen ihrer Glieder steigt und fällt! Adio, adio meine Liebe, ich will deine Leiche lieben. *Rosetta nähert sich ihm wieder.* Thränen, Rosetta? Ein feiner Epikuräismus – weinen zu können. Stelle dich in die Sonne, ⟨daß⟩ die köstlichen Tropfen krystallisiren, es muß prächtige Diamanten geben. Du kannst dir ein Halsband ⟨daraus⟩ machen lassen.

ROSETTA. Wohl Diamanten, sie schneiden mir in die Augen. Ach Leonce! *Will ihn umfassen.*

LEONCE. Gib Acht! Mein Kopf! Ich habe unsere Liebe darin beigesetzt. Sieh zu den Fenstern meiner Augen hinein. Siehst du, wie schön todt das arme Ding ist? Siehst du die zwei weißen Rosen auf seinen Wangen und die zwei rothen auf seiner Brust? Stoß mich nicht, daß ihm kein Aermchen abbricht, es wäre Schade. Ich muß meinen Kopf gerade auf den Schultern tragen, wie die Todtenfrau einen Kindersarg.

ROSETTA *scherzend.* Narr!

LEONCE. Rosetta! *Rosetta macht ihm eine Fratze.* Gott sei Dank! *Hält sich die Augen zu.*

ROSETTA *erschrocken.* Leonce, sieh mich an.

LEONCE. Um keinen Preis!

ROSETTA. Nur einen Blick!

LEONCE. Keinen! Weinst du? Um ein klein wenig, und meine liebe Liebe käme wieder auf die Welt. Ich bin froh, daß ich sie begraben habe. Ich behalte den Eindruck.

ROSETTA *entfernt sich traurig und langsam, sie singt im Abgehn.*

Ich bin eine arme Waise,
Ich fürchte mich ganz allein.
Ach lieber Gram –
Willst du nicht kommen mit mir heim?

LEONCE *allein.* Ein sonderbares Ding um die Liebe. Man liegt ein Jahr lang schlafwachend zu Bette, und an einem schönen Morgen wacht man auf, trinkt ein Glas Wasser, zieht seine Kleider an und fährt sich mit der Hand über die Stirn und besinnt sich – und besinnt sich. – Mein Gott, wieviel Weiber hat man nöthig, um die Scala der Liebe auf und ab zu singen? Kaum daß Eine einen Ton ausfüllt. Warum ist der Dunst über unsrer Erde ein Prisma, das den weißen Gluthstrahl der Liebe in einen Regenbogen bricht? – *Er trinkt.* In welcher Bouteille steckt denn der Wein, an dem ich mich heute betrinken soll? Bringe ich es nicht einmal mehr so weit? Ich sitze wie unter einer Luftpumpe. Die Luft so scharf und dünn, daß mich friert, als sollte ich in Nankinghosen Schlittschuh laufen. – Meine Herren, meine Herren, wißt ihr auch, was Caligula und Nero waren? Ich weiß es. – Komm Leonce, halte mir einen Monolog, ich will zuhören. Mein Leben gähnt mich an, wie ein großer weißer Bogen Papier, den ich vollschreiben soll, aber ich bringe keinen Buchstaben heraus. Mein Kopf ist ein leerer Tanzsaal, einige verwelkte Rosen und zerknitterte Bänder auf dem Boden, geborstene Violinen in der Ecke, die letzten Tänzer haben die Masken abgenommen und sehen mit todmüden Augen einander an. Ich stülpe mich jeden Tag vier und zwanzigmal herum, wie einen Handschuh. O ich kenne mich, ich weiß was ich in einer Viertelstunde, was ich in acht Tagen, was ich in einem Jahre denken und träumen werde. Gott, was habe ich denn verbrochen, daß du mich, wie einen Schulbuben, meine Lection so oft hersagen läßt? –
Bravo Leonce! Bravo! *Er klatscht.* Es thut mir ganz wohl, wenn ich mir so rufe. He! Leonce! Leonce!

VALERIO *unter einem Tisch hervor.* Eure Hoheit scheint mir wirklich auf dem besten Weg, ein wahrhaftiger Narr zu werden.

LEONCE. Ja, beim Licht besehen, kommt es mir eigentlich eben so vor.

VALERIO. Warten Sie, wir wollen uns darüber sogleich ausführlicher unterhalten. Ich habe nur noch ein Stück Braten zu verzehren, das ich aus der Küche, und etwas Wein, den ich von Ihrem Tische gestohlen. Ich bin gleich fertig.

LEONCE. Das schmatzt. Der Kerl verursacht mir ganz idyllische Empfindungen; ich könnte wieder mit dem Einfachsten anfangen, ich könnte Käs essen, Bier trinken, Tabak rauchen. Mach fort, grunze nicht so mit deinem Rüssel, und klappre mit deinen Hauern nicht so.

VALERIO. Werthester Adonis, sind Sie in Angst um Ihre Schenkel? Sein Sie unbesorgt, ich bin weder ein Besenbinder, noch ein Schulmeister. Ich brauche keine Gerten zu Ruthen.

LEONCE. Du bleibst nichts schuldig.

VALERIO. Ich wollte, es ginge meinem Herrn eben so.

LEONCE. Meinst du, damit du zu deinen Prügeln kämst? Bist du so besorgt um deine Erziehung?

VALERIO. O Himmel, man kömmt leichter zu seiner Erzeugung, als zu seiner Erziehung. Es ist traurig, in welche Umstände Einen andere Umstände versetzen können! Was für Wochen hab' ich erlebt, seit meine Mutter in die Wochen kam! Wieviel Gutes hab' ich empfangen, das ich meiner Empfängniß zu danken hätte?

LEONCE. Was deine Empfänglichkeit betrifft, so könnte sie es nicht besser treffen, um getroffen zu werden. Drück dich besser aus, oder du sollst den unangenehmsten Eindruck von meinem Nachdruck haben.

VALERIO. Als meine Mutter um das Vorgebirg der guten Hoffnung schiffte …

LEONCE. Und dein Vater an Cap Horn Schiffbruch litt …

VALERIO. Richtig, denn er war Nachtwächter. Doch setzte er das Horn nicht so oft an die Lippen, als die Väter edler Söhne an die Stirn.

LEONCE. Mensch, du besitzest eine himmlische Unverschämtheit. Ich fühle ein gewisses Bedürfniß, mich in nähere Berührung mit ihr zu setzen. Ich habe eine große Passion dich zu prügeln.

VALERIO. Das ist eine schlagende Antwort und ein triftiger Beweis.

LEONCE *geht auf ihn los.* Oder du bist eine geschlagene Antwort. Denn du bekommst Prügel für deine Antwort.

VALERIO *läuft weg, Leonce stolpert und fällt.* Und Sie sind ein Beweis, der noch geführt werden muß, denn er fällt über seine eigenen Beine, die im Grund genommen selbst noch zu beweisen sind. Es sind höchst unwahrscheinliche Waden und sehr problematische Schenkel.

Der Staatsrath tritt auf. Leonce bleibt auf dem Boden sitzen. Valerio.

PRÄSIDENT. Eure Hoheit verzeihen ...

LEONCE. Wie mir selbst! Wie mir selbst! Ich verzeihe mir die Gutmüthigkeit Sie anzuhören. Meine Herren wollen Sie nicht Platz nehmen? – Was die Leute für Gesichter machen, wenn sie das Wort *Platz* hören! Setzen Sie sich nur auf den Boden und geniren Sie sich nicht. Es ist doch der letzte Platz, den Sie ⟨einmal⟩ erhalten, aber er trägt ⟨Niemand⟩ etwas ein, ⟨als⟩ dem Todtengräber.

PRÄSIDENT *verlegen mit den Fingern schnipsend.* Geruhen Eure Hoheit ...

LEONCE. Aber schnipsen Sie nicht so mit den Fingern, wenn Sie mich nicht zum Mörder machen wollen.

PRÄSIDENT *immer stärker schnipsend.* Wollten gnädigst, in Betracht ...

LEONCE. Mein Gott, stecken Sie doch die Hände in die Hosen, oder setzen Sie sich darauf. Er ist ganz aus der Fassung. Sammeln Sie sich.

VALERIO. Man darf Kinder nicht während des Pissens unterbrechen, sie bekommen sonst eine Verhaltung.

LEONCE. Mann, fassen Sie sich. Bedenken Sie Ihre Familie und den Staat. Sie riskiren einen Schlagfluß, wenn Ihnen Ihre Rede zurücktritt.

PRÄSIDENT *zieht ein Papier aus der Tasche.* Erlauben Eure Hoheit ...

LEONCE. Was, Sie können schon lesen? Nun denn …

PRÄSIDENT. Daß man der zu erwartenden Ankunft von Eurer Hoheit Verlobter Braut, der durchlauchtigsten Prinzessin Lena von Pipi, auf morgen sich zu gewärtigen habe, davon läßt ⟨Ihro⟩ königliche Majestät Eure Hoheit benachrichtigen.

LEONCE. Wenn meine Braut mich erwartet, so werde ich ihr den Willen thun und sie auf mich warten lassen. Ich habe sie gestern Nacht im Traum gesehen, sie hatte ein Paar Augen so groß, daß die Tanzschuhe meiner Rosetta zu Augenbrau⟨n⟩en darüber gepaßt hätten, und auf den Wangen ⟨war kein⟩ Grübchen ⟨zu sehen⟩, sondern ein Paar Abzugsgruben für das Lachen. Ich glaube an Träume. Träumen Sie auch zuweilen Herr Präsident? Haben Sie auch Ahnungen?

VALERIO. Versteht sich. Immer die Nacht vor dem Tag, an dem ein Braten ⟨an der königlichen Tafel⟩ verbrennt, ein Kapaun krepirt, oder Ihre königliche Majestät Leibweh bekommt.

LEONCE. A propos, hatten Sie nicht noch etwas auf der Zunge? Geben Sie nur Alles von sich.

PRÄSIDENT. An dem Tage der Vermählung ist ein höchster Wille gesonnen, seine allerhöchsten Willensäußerungen in die Hände Eurer Hoheit niederzulegen.

LEONCE. Sagen Sie einem höchsten Willen, daß ich Alles thun werde, das ausgenommen, was ich werde bleiben lassen, was aber jedenfalls nicht so viel sein wird, als wenn es noch einmal so viel wäre. – Meine Herren, Sie entschuldigen, daß ich Sie nicht begleite, ich habe gerade die Passion zu sitzen, aber meine Gnade ist so groß, daß ich ⟨sie ja⟩ mit den Beinen ⟨doch nicht⟩ ausmessen kann. *Er spreizt die Beine auseinander.* Herr Präsident, nehmen Sie doch das Maaß, damit Sie mich später daran erinnern. Valerio gieb den Herren das Geleite.

VALERIO. Das Geläute? Soll ich dem Herrn Präsidenten eine Schelle anhängen? Soll ich sie führen, als ob sie auf allen Vieren gingen?

LEONCE. Mensch, du bist nichts als ein schlechtes Wortspiel. Du hast weder Vater noch Mutter, sondern die fünf Vokale haben dich miteinander erzeugt.

VALERIO. Und Sie Prinz, sind ein Buch ohne Buchstaben, mit nichts als Gedankenstrichen. – Kommen Sie jetzt meine Herren! Es ist eine traurige Sache um das Wort *kommen*, will man ein Einkommen, so muß man stehlen, an ein Aufkommen ist nicht zu denken, als wenn man sich hängen läßt, ein Unterkommen findet man erst, wenn man begraben wird, und ein Auskommen hat man jeden Augenblick mit seinem Witz, wenn man nichts mehr zu sagen weiß, wie ich zum Beispiel eben, und Sie, *ehe* Sie noch etwas gesagt haben. Ihr Abkommen haben Sie gefunden und Ihr Fortkommen werden Sie jetzt zu suchen ersucht. *Staatsrath und Valerio ab.*

LEONCE *allein.* Wie gemein ich mich zum Ritter an den armen Teufeln gemacht habe! Es steckt nun aber doch einmal ein gewisser Genuß in einer gewissen Gemeinheit. – Hm! Heirathen! Das heißt einen Ziehbrunnen leer trinken. O Shandy, alter Shandy, wer mir deine Uhr schenkte! – *Valerio kommt zurück.* Ach Valerio, hast du es gehört?

VALERIO. Nun Sie sollen König werden, das ist eine lustige Sache. Man kann den ganzen Tag spazieren fahren und den Leuten die Hüte verderben durch's viele Abziehen, man kann aus ordentlichen Menschen ordentliche Soldaten ausschneiden, so daß Alles ganz natürlich wird, man kann schwarze Fräcke und weiße Halsbinden zu Staatsdienern machen, und wenn man stirbt, so laufen alle blanken Knöpfe blau an und die Glockenstricke reißen wie Zwirnsfäden vom vielen Läuten. Ist das nicht unterhaltend?

LEONCE. Valerio! Valerio! Wir müssen was Anderes treiben. Rathe!

VALERIO. Ach die Wissenschaft, die Wissenschaft! Wir wollen Gelehrte werden! a priori? oder a posteriori?

LEONCE. a priori, das muß man bei meinem Herrn Vater lernen; und a posteriori fängt Alles an, wie ein altes Mährchen: es war einmal!

VALERIO. So wollen wir Helden werden. *Er marschirt trompetend und trommelnd auf und ab.* Trom – trom – pläre – plem!

LEONCE. Aber der Heroismus fuselt abscheulich und bekommt das Lazarethfieber und kann ohne Lieutenants und Rekruten nicht bestehen. Pack dich mit deiner Alexanders- und Napoleonsromantik!

VALERIO. So wollen wir Genies werden.

LEONCE. Die Nachtigall der Poesie schlägt den ganzen Tag über unserm Haupt, aber das Feinste geht zum Teufel, bis wir ihr die Federn ausreißen und in die Tinte oder die Farbe tauchen.

VALERIO. So wollen wir nützliche Mitglieder der menschlichen Gesellschaft werden.

LEONCE. Lieber möchte ich meine Demission als Mensch geben.

VALERIO. So wollen wir zum Teufel gehen.

LEONCE. Ach der Teufel ist nur des Contrastes wegen da, damit wir begreifen sollen, daß am Himmel doch eigentlich etwas sei. *Aufspringend.* Ah Valerio, Valerio, jetzt hab' ich's! Fühlst du nicht das Wehen aus Süden? Fühlst du nicht wie der tiefblaue glühende Aether auf und ab wogt, wie das Licht blitzt von dem goldnen, sonnigen Boden, von der heiligen Salzfluth und von den Marmor-Säulen und Leibern? Der große Pan schläft und die ehernen Gestalten träumen im Schatten über den tiefrauschenden Wellen von dem alten Zaubrer Virgil, von Tarantella und Tambourin und tiefen tollen Nächten, voll Masken, Fackeln und Guitarren. Ein Lazzaroni! Valerio! ein Lazzaroni! Wir gehen nach Italien.

Vierte Scene

EIN GARTEN

Prinzessin Lena im Brautschmuck. Die Gouvernante.

LENA. Ja, jetzt! Da ist es. Ich dachte die Zeit an nichts. Es ging so hin, und auf einmal richtet sich *der* Tag vor mir auf. Ich habe den Kranz im Haar – und die Glocken, die Glocken! *Sie lehnt sich zurück und schließt die Augen.* Sieh, ich wollte, der Rasen wüchse so über mich und die Bienen summten über mir hin; sieh, jetzt bin ich eingekleidet und habe Rosmarin im Haar. Gibt es nicht ein altes Lied:

Auf dem Kirchhof will ich Hegen
Wie ein Kindlein in der Wiegen …

GOUVERNANTE. Armes Kind, wie Sie bleich sind unter Ihren blitzenden Steinen.

LENA. O Gott, ich könnte lieben, warum nicht? Man geht ja so einsam und tastet nach einer Hand, die einen hielte, bis die Leichenfrau die Hände auseinandernähme und sie Jedem über der Brust faltete. Aber warum schlägt man einen Nagel durch zwei Hände, die sich nicht suchten? Was hat meine arme Hand gethan? *Sie zieht einen Ring vom Finger.* Dieser Ring sticht mich wie eine Natter.

GOUVERNANTE. Aber – er soll ja ein wahrer Don Carlos sein.

LENA. Aber – ein Mann –

GOUVERNANTE. Nun?

LENA. Den man nicht liebt. *Sie erhebt sich.* Pfui! Siehst du, ich schäme mich. – Morgen ist aller Duft und Glanz von mir gestreift. Bin ich denn wie die arme, hülflose Quelle, die jedes Bild, das sich über sie bückt, in ihrem stillen Grund abspiegeln muß? Die Blumen öffnen und schließen, wie sie wollen, ihre Kelche der Morgensonne und dem Abendwind. Ist denn die Tochter eines Königs weniger, als eine Blume?

GOUVERNANTE *weinend.* Lieber Engel, du bist doch ein wahres Opferlamm.

LENA. Ja wohl – und der Priester hebt schon das Messer. – Mein Gott, mein Gott, ist es denn wahr, daß wir uns selbst erlösen müssen mit unserm Schmerz? Ist es denn wahr, die Welt sei ein gekreuzigter Heiland, die Sonne seine Dornenkrone und die Sterne die Nägel und Speere in seinen Füßen und Lenden?

GOUVERNANTE. Mein Kind, mein Kind! ich kann dich nicht so sehen. – Es kann nicht so gehen, es tödtet dich. Vielleicht, wer weiß! Ich habe so etwas im Kopf. Wir wollen sehen. Komm! *Sie führt die Prinzessin weg.*

Zweiter Act

Wie ist mir eine Stimme doch erklungen
Im tiefsten Innern,
Und hat mit Einemmale mir verschlungen
All mein Erinnern.
Adalbert von Chamisso

Erste Scene

FREIES FELD. EIN WIRTHSHAUS IM HINTERGRUND

Leonce und Valerio, der einen Pack trägt, treten auf.

VALERIO *keuchend.* Auf Ehre, Prinz, die Welt ist doch ein ungeheuer weitläuf⟨t⟩iges Gebäude.

LEONCE. Nicht doch! Nicht doch! Ich wage kaum die Hände auszustrecken, wie in einem engen Spiegelzimmer, aus Furcht überall anzustoßen, daß die schönen Figuren in Scherben auf dem Boden lägen und ich vor der kahlen, nackten Wand st⟨ü⟩nde.

VALERIO. Ich bin verloren.

LEONCE. Da wird Niemand einen Verlust dabei haben als wer dich findet.

VALERIO. Ich werde mich nächstens in den Schatten meines Schattens stellen.

LEONCE. Du verflüchtigst dich ganz an der Sonne. Siehst du die schöne Wolke da oben? Sie ist wenigstens ein Viertel von dir. Sie sieht ganz wohlbehaglich auf deine ⟨gröbere materielle⟩ Stoffe herab.

VALERIO. Die Wolke könnte Ihrem Kopf nichts schaden, wenn man ⟨Ihnen denselben scheeren und⟩ sie Tropfen für Tropfen darauf fallen ließ. – Ein köstlicher Einfall. Wir sind schon durch ein Dutzend Fürstenthümer, durch ein halbes Dutzend Großherzogthümer und durch ein paar Königreiche gelaufen und das in der größten Uebereilung in einem halben Tag, und warum? Weil man König werden und eine schöne Prinzessin heirathen soll. Und Sie leben noch in einer solchen Lage? Ich begreife Ihre Resignation nicht. Ich begreife nicht, daß Sie nicht Arsenik genommen, sich auf das Geländer des Kirchthurms gestellt und sich eine Kugel durch den Kopf gejagt haben, um es ja nicht zu verfehlen.

LEONCE. Aber Valerio, die Ideale! Ich habe das Ideal eines Frauenzimmers in mir und muß es suchen. Sie ist unendlich schön und unendlich geistlos. Die Schönheit ist da so h⟨ü⟩lflos, so rührend, wie ein neugebornes Kind. Es ist ein köstlicher Contrast. Diese himmlisch stupiden Augen, dieser göttlich einfältige Mund, dieses schafnasige griechische Profil, dieser geistige Tod in diesem geistigen Leib.

VALERIO. Teufel! Da sind wir schon wieder auf der Grenze; das ist ein Land, wie eine Zwiebel, nichts als Schaalen, oder wie ineinandergesteckte Schachteln, in der größten sind nichts als Schachteln und in der kleinsten ist gar nichts. *Er wirft seinen Pack zu Boden.* Soll denn dieser Pack mein Grabstein werden? Sehen Sie Prinz ich werde philosophisch, ein Bild des menschlichen Lebens. Ich schleppe diesen Pack mit wunden Füßen durch Frost und Sonnenbrand, weil ich Abends ein reines Hemd anziehen will und wenn endlich der Abend kommt, so ist meine Stirn gefurcht, meine Wange hohl, mein Auge dunkel und ich habe grade noch Zeit, mein Hemd anzuziehen, als Todtenhemd. Hätte ich nun nicht gescheidter gethan, ich hätte mein Bündel vom Stecken gehoben und es in der ersten besten Kneipe verkauft, und hätte mich dafür betrunken und im Schatten geschlafen, bis es Abend geworden wäre, und hätte nicht geschwitzt und mir keine Leichdörner gelaufen? Und Prinz, jetzt kommt die Anwendung und die Praxis. Aus lauter Schamhaftigkeit wollen wir jetzt auch den inneren Menschen bekleiden und Rock und Hosen inwendig anziehen. *Beide gehen auf das Wirthshaus los.* Ei du lieber Pack, welch ein köstlicher Duft, welche Weindüfte und Bratengerüche! Ei ihr lieben Hosen, wie wurzelt ihr im Boden und grünt und blüht und die langen schweren Trauben hängen mir ⟨ins Maul⟩ und der Most gährt unter der Kelter. *Sie gehen ab.*

Prinzessin Lena, die Gouvernante kommen.

GOUVERNANTE. Es muß ein bezauberter Tag sein, die Sonne geht nicht unter, und es ist so unendlich lang seit unsrer Flucht.

LENA. Nicht doch, meine Liebe, die Blumen sind ja kaum welk, die ich zum Abschied brach, als wir aus dem Garten gingen.

GOUVERNANTE. Und wo wollen wir ruhen? Wir sind noch auf gar nichts gestoßen. Ich sehe kein Kloster, keinen Eremiten, keinen Schäfer.

LENA. Wir haben Alles wohl anders geträumt mit unsern Büchern hinter der Mauer unsers Gartens, zwischen unsern Myrthen und Oleandern.

GOUVERNANTE. O die Welt ist abscheulich! An einen irrenden Königssohn ist gar nicht zu denken.

LENA. O sie ist schön und so weit, so unendlich weit. Ich möchte immer so fort gehen Tag und Nacht.
Es rührt sich nichts. ⟨Was ein rother Schein über den Wiesen spielt von den Kukuksblumen⟩ und die fernen Berge liegen auf der Erde wie ruhende Wolken.

GOUVERNANTE. Du mein Jesus, was wird man sagen? Und doch ist es so zart und weiblich! Es ist eine Entsagung. Es ist wie die Flucht der heiligen O⟨d⟩ilia. Aber wir müssen ein Obdach suchen. Es wird Abend!

LENA. Ja die Pflanzen legen ihre Fiederblättchen zum Schlaf zusammen und die Sonnenstrahlen wiegen sich an den Grashalmen wie müde Libellen.

Zweite Scene

DAS WIRTHSHAUS AUF EINER ANHÖHE
AN EINEM FLUSS, WEITE AUSSICHT.
DER GARTEN VOR DEMSELBEN

Valerio. Leonce.

VALERIO. Nun Prinz, liefern Ihre Hosen nicht ein köstliches Getränk? Laufen Ihnen Ihre Stiefel nicht mit der größten Leichtigkeit die Kehle hinunter?

LEONCE. Siehst du die alten Bäume, die Hecken, die Blumen? das Alles hat seine Geschichten, seine lieblichen heimlichen Geschichten. Siehst du die ⟨greisen⟩ freundlichen Gesichter unter den Reben an der Hausthür? Wie sie sitzen und sich bei den Händen halten und Angst haben, daß sie so alt sind und die Welt noch so jung ist. O Valerio, und ich bin so jung, und die Welt ist so alt. Ich bekomme manchmal eine Angst um mich und könnte mich in eine Ecke setzen und heiße Thränen weinen aus Mitleid mit mir.

VALERIO *gibt ihm ein Glas.* Nimm diese Glocke, diese Taucherglocke und senke dich in das Meer des Weines, daß es Perlen über dir schlägt. Sieh wie die Elfen über de⟨m⟩ Kelch der Weinblume schweben, goldbeschuht, die Cymbeln schlagend.

LEONCE *aufspringend.* Komm Valerio, wir müssen was treiben, was treiben. Wir wollen uns mit tiefen Gedanken abgeben; wir wollen untersuchen wie es kommt, daß der Stuhl ⟨auf drei⟩ Beinen steht und nicht auf ⟨zwei, daß man sich die Nase mit Hülfe der Hände putzt und nicht wie die Fliegen mit den Füßen.⟩ Komm, wir wollen Ameisen zergliedern, Staubfäden zählen; ich werde es doch noch zu ⟨irgend⟩ einer ⟨fürstlichen⟩ Liebhaberei bringen. Ich werde doch noch eine Kinderrassel finden, die mir erst aus der Hand fällt, wenn ich Flocken lese und an der Decke zupfe. Ich habe noch eine gewisse Dosis Enthusiasmus zu verbrauchen; aber wenn ich Alles recht warm gekocht habe, so brauche ich eine unendliche Zeit um einen Löffel zu finden, mit dem ich das Gericht esse und darüber steht es ab.

VALERIO. Ergo bibamus. Diese Flasche ist keine Geliebte, keine Idee, sie macht keine Geburtsschmerzen, sie wird nicht langweilig, wird nicht treulos, sie bleibt eins vom ersten Tropfen bis zum letzten. Du brichst das Siegel und alle Träume, die in ihr schlummern, sprühen dir entgegen.

LEONCE. O Gott! Die Hälfte meines Lebens soll ein Gebet sein, wenn mir nur ein Strohhalm bescheert wird, auf dem ich reite, wie auf einem prächtigen Roß, bis ich selbst auf dem Stroh liege. – Welch unheimlicher Abend. Da unten ist Alles still und da oben wechseln und ziehen die Wolken und der Sonnenschein geht und kommt wieder. Sieh, was seltsame Gestalten sich dort jagen, sieh die langen weißen Schatten mit den entsetzlich magern Beinen und Fledermausschwingen und Alles so rasch, so wirr und da unten rührt sich kein Blatt, kein Halm. Die Erde hat sich ängstlich zusammengeschmiegt, wie ein Kind und über ihre Wiege schreiten die Gespenster.

VALERIO. Ich weiß nicht, was Ihr wollt, mir ist ganz behaglich zu Muth. Die Sonne sieht aus wie ein Wirthshausschild und die feurigen Wolken darüber, wie die Aufschrift: ›Wirthshaus zur goldnen Sonne‹. Die Erde und das Wasser da unten sind wie ein Tisch auf dem Wein verschüttet ist und wir liegen darauf wie Spielkarten, mit denen Gott und der Teufel aus Lange⟨r⟩weile eine Parthie machen und Ihr seid ⟨der⟩ Kartenkönig und ich bin ein Kartenbube, es fehlt nur noch eine Dame, eine schöne Dame, mit einem großen Lebkuchenherz auf der Brust und einer mächtigen Tulpe, worin die lange Nase sentimental versinkt, *die Gouvernante und die Prinzessin treten auf* und – bei Gott da ist sie! Es ist aber eigentlich keine Tulpe, sondern eine Prise Tabak und es ist eigentlich keine Nase, sondern ein Rüssel. *Zur Gouvernante.* Warum schreiten Sie, Wertheste, so eilig, daß man Ihre weiland Waden bis zu Ihren respectabeln Strumpfbändern sieht?

GOUVERNANTE *heftig erzürnt, bleibt stehen.* Warum reißen Sie,

Geehrtester, ⟨das Maul⟩ so weit auf, daß Sie einem ein Loch in die Aussicht machen?

VALERIO. Damit Sie, Geehrteste, sich die Nase am Horizont nicht blutig stoßen. ⟨Ihre⟩ Nase ist wie der Thurm auf Libanon, der gen Damascum steht.

LENA *zur Gouvernante.* Meine Liebe, ist denn der Weg so lang?

LEONCE *träumend vor sich hin.* O, jeder Weg ist lang! Das Pikken der Todtenuhr in unserer Brust ist langsam und jeder Tropfen Blut mißt seine Zeit und unser Leben ist ein schleichend Fieber. Für müde Füße ist jeder Weg zu lang …

LENA *die ihm ängstlich sinnend zuhört.* Und ⟨für müde⟩ Augen jedes Licht zu scharf und ⟨müde⟩ Lippen jeder Hauch zu schwer *lächelnd* und ⟨müde⟩ Ohren jedes Wort zu viel. *Sie tritt mit der Gouvernante ⟨ins⟩ Haus.*

LEONCE. O lieber Valerio! Könnte ich nicht auch sagen: »Sollte nicht dies und ein Wald von Federbüschen nebst ein Paar gepufften Rosen auf meinen Schuhen –?« Ich hab' es glaub' ich ganz melancholisch gesagt. Gott sei Dank, daß ich anfange mit der Melancholie niederzukommen. Die Luft ist nicht mehr so hell und kalt, der Himmel senkt sich glühend dicht um mich und schwere Tropfen fallen. – O diese Stimme: Ist denn der Weg so lang? Es reden viele Stimmen über die Erde und man meint sie sprächen von andern Dingen, aber ich hab' sie verstanden. Sie ruht auf mir wie der Geist, da er über den Wassern schwebte, eh' das Licht ward. Welch Gähren in der Tiefe, welch Werden in mir, wie sich die Stimme durch den Raum gießt. – Ist denn der Weg so lang? *Geht ab.*

VALERIO. Nein. Der Weg zum Narrenhaus ist nicht so lang, er ist leicht zu finden, ich kenne alle Fußpfade, alle Vicinalwege und Chausseen ⟨dorthin⟩. Ich sehe ihn schon auf einer breiten Allee dahin, an einem eiskalten Wintertag den Hut unter dem Arm, wie er sich in die langen Schatten unter die kahlen Bäume stellt und mit dem Schnupftuch fächelt. – Er ist ein Narr! *Folgt ihm.*

Dritte Scene

EIN ZIMMER

Lena. Die Gouvernante.

GOUVERNANTE. Denken Sie nicht an den Menschen.

LENA. Er war so alt unter seinen blonden Locken. Den Frühling auf den Wangen, und den Winter im Herzen. Das ist traurig. Der müde Leib findet ⟨ein⟩ Schlafkissen überall, doch wenn der Geist müd' ist, wo soll er ruhen? Es kommt mir ein entsetzlicher Gedanke, ich glaube es gibt Menschen, die unglücklich sind, unheilbar, blos weil sie *sind. Sie erhebt sich.*

GOUVERNANTE. Wohin mein Kind?

LENA. Ich will hinunter in den Garten.

GOUVERNANTE. Aber …

LENA. Aber, liebe Mutter, du weißt man hätte mich eigentlich in eine Scherbe setzen sollen. Ich brauche Thau und Nachtluft wie die Blumen. Hörst du die Harmonie⟨en⟩ des Abends? Wie die Grillen den Tag einsingen und die Nachtviolen ihn mit ihrem Duft einschläfern! Ich kann nicht im Zimmer bleiben. Die Wände fallen auf mich.

Vierte Scene

DER GARTEN. NACHT UND MONDSCHEIN

Man sieht Lena auf dem Rasen sitzend.

VALERIO *in einiger Entfernung*. Es ist eine schöne Sache um die Natur, ⟨sie ist aber doch nicht so schön, als⟩ wenn es keine Schnaken gäbe, die Wirthsbetten etwas reinlicher wären und die Todtenuhren nicht so ⟨in⟩ den Wänden pickten. Drin schnarchen die Menschen und ⟨draußen⟩ quaken die Frösche, drin pfeifen die Hausgrillen und ⟨draußen⟩ die Feldgrillen. Lieber Rasen, dies ist ein rasender Entschluß. ⟨*Er legt sich auf den Rasen nieder.*⟩

LEONCE *tritt auf*. ⟨O Nacht, balsamisch wie die erste, die auf das

Paradies herabsank.⟩ *Er bemerkt die Prinzessin und nähert sich ihr leise.*

LENA *spricht vor sich hin.* Die Grasmücke hat im Traum gezwitschert, die Nacht schläft tiefer, ihre Wange wird bleicher und ihr Athem stiller. Der Mond ist wie ein schlafendes Kind, die goldnen Locken sind ihm im Schlaf über das liebe Gesicht heruntergefallen. – O sein Schlaf ist Tod. Wie der todte Engel auf seinem dunkeln Kissen ruht und die Sterne gleich Kerzen um ihn brennen. Armes Kind, ⟨kommen die schwarzen Männer bald dich holen? Wo ist deine Mutter? Will sie dich nicht noch einmal küssen? Ach⟩ es ist traurig, todt und so allein.

LEONCE. Steh auf in deinem weißen Kleide und wandle hinter der Leiche durch die Nacht und singe ihr das ⟨Todtenlied.⟩

LENA. Wer spricht da?

LEONCE. Ein Traum.

LENA. Träume sind selig.

LEONCE. So träume dich selig und laß mich dein seliger Traum sein.

LENA. Der Tod ist der seligste Traum.

LEONCE. So laß mich dein Todesengel sein. Laß meine Lippen sich gleich seinen Schwingen auf deine Augen senken. *Er küßt sie.* Schöne Leiche, du ruhst so lieblich auf dem schwarzen Bahrtuch der Nacht, daß die Natur das Leben haßt und sich in den Tod verliebt.

LENA. Nein, laß mich. *Sie springt auf und entfernt sich rasch.*

LEONCE. Zu viel! zu viel! Mein ganzes Sein ist in dem einen Augenblick. Jetzt stirb. Mehr ist unmöglich. Wie frischathmend, schönheitglänzend ringt die Schöpfung sich aus dem Chaos mir entgegen. Die Erde ist eine Schale von dunkelm Gold, wie schäumt das Licht in ihr und fluthet über ihren Rand und hellauf perlen daraus die Sterne. ⟨Meine Lippen saugen sich daran:⟩ dieser eine Tropfen Seligkeit macht mich zu einem köstlichen Gefäß. Hinab heiliger Becher! *Er will sich in den Fluß stürzen.*

VALERIO *springt auf und umfaßt ihn.* Halt Serenissime!

LEONCE. Laß mich!

VALERIO. Ich werde Sie lassen, sobald Sie gelassen sind und das Wasser zu lassen versprechen.

LEONCE. Dummkopf!

VALERIO. Ist denn Eure Hoheit noch nicht über die Lieutenantsromantik hinaus, das Glas zum Fenster hinaus zu werfen, womit man die Gesundheit seiner Geliebten getrunken?

LEONCE. Ich glaube halbwegs du hast Recht.

VALERIO. Trösten Sie sich. Wenn Sie auch nicht heut Nacht *unter* dem Rasen schlafen, so schlafen Sie wenigstens *darauf*. Es wäre ein eben so selbstmörderischer Versuch in eins von den Betten ⟨zu gehn.⟩ Man liegt auf dem Stroh wie ein Todter und wird von ⟨den Flöhen⟩ gestochen wie ein Lebendiger.

LEONCE. Meinetwegen. *Er legt sich ins Gras.* Mensch, du hast mich um den schönsten Selbstmord gebracht. Ich werde in meinem Leben keinen so vorzüglichen Augenblick mehr dazu finden und das Wetter ist ⟨so⟩ vortrefflich. Jetzt bin ich schon aus der Stimmung. Der Kerl hat mir mit seiner gelben Weste und seinen himmelblauen Hosen Alles verdorben. – Der Himmel bescheere mir einen recht gesunden, plumpen Schlaf.

VALERIO. Amen. – Und ich habe ein Menschenleben gerettet und werde mir mit meinem guten Gewissen heut Nacht den Leib warm halten. Wohl bekomm's Valerio!

Dritter Act

Erste Scene

LEONCE. VALERIO.

VALERIO. Heirathen? Seit wann hat es Eure Hoheit zum ewigen Kalender gebracht?

LEONCE. Weißt du auch, Valerio, daß selbst der Geringste unter den Menschen so groß ist, daß das Leben noch viel zu kurz ist, um ihn lieben zu können? Und dann kann ich doch einer gewissen Art von Leuten, die sich einbilden, daß nichts so schön und heilig sei, daß sie es nicht noch schöner und heiliger machen müßten, die Freude lassen. Es liegt ein gewisser Genuß in dieser lieben Arroganz. Warum soll ich ihnen denselben nicht gönnen?

VALERIO. Sehr human und philobestialisch. Aber weiß sie auch, wer Sie sind?

LEONCE. Sie weiß nur daß sie mich liebt.

VALERIO. Und weiß Eure Hoheit auch, wer sie ist?

LEONCE. Dummkopf! Frag doch die Nelke und die Thauperle nach ihrem Namen.

VALERIO. Das heißt, sie ist überhaupt etwas, wenn das nicht schon zu unzart ist und nach dem Signalement schmeckt. – Aber, wie soll das gehn? Hm! – Prinz, bin ich Minister, wenn Sie heute vor Ihrem Vater mit der Unaussprechlichen, Namenlosen, mittelst des Ehesegens zusammengeschmiedet werden? Ihr Wort?

LEONCE. Mein Wort!

VALERIO. Der arme Teufel Valerio empfiehlt sich Seiner Excellenz dem Herrn Staatsminister Valerio von Valerienthal. – »Was will der Kerl? Ich kenne ihn nicht. Fort Schlingel!« *Er läuft weg, Leonce folgt ihm.*

Zweite Scene

FREIER PLATZ VOR DEM SCHLOSSE DES KÖNIGS PETER

Der Landrath. Der Schulmeister. Bauern im Sonntagsputz, Tannenzweige haltend.

LANDRATH. Lieber Herr Schulmeister, wie halten sich Eure Leute?

SCHULMEISTER. Sie halten sich so gut in ihren Leiden, daß sie sich schon seit geraumer Zeit aneinander halten. Sie gießen brav Spiritus in sich, sonst könnten sie sich in der Hitze unmöglich so lange halten. Courage, ihr Leute! Streckt eure Tannenzweige grad vor euch hin, ⟨daß⟩ man meint ihr wärt ein Tannenwald und eure Nasen die Erdbeeren und eure Dreimaster die Hörner vom Wildpret und eure hirschledernen Hosen der Mondschein darin, und merkt's euch, der Hinterste läuft immer wieder vor den Vordersten, ⟨daß⟩ es aussieht als wärt ihr ins Quadrat erhoben.

LANDRATH. Und Schulmeister, Ihr stehet vor die Nüchternheit.

SCHULMEISTER. Versteht sich, denn ich kann vor Nüchternheit kaum ⟨mehr⟩ stehen.

LANDRATH. Gebt Acht, Leute, im Programm steht: »Sämmtliche Unterthanen werden von freien Stücken, reinlich gekleidet, wohlgenährt, und mit zufriedenen Gesichtern sich längs der Landstraße aufstellen.« Macht uns keine Schande!

SCHULMEISTER. Seid standhaft! Kratzt euch nicht hinter den Ohren und schneuzt euch die Nasen nicht ⟨mit den Fingern,⟩ so lang das hohe Paar vorbeifährt und zeigt die gehörige Rührung, oder es werden rührende Mittel gebraucht werden. Erkennt was man für euch thut, man hat euch grade so gestellt, daß der Wind von der Küche über euch geht und ihr auch einmal in eurem Leben einen Braten riecht. Könnt ihr noch eure Lection? He! Vi!

DIE BAUERN. Vi!

SCHULMEISTER. Vat!

DIE BAUERN. Vat!

SCHULMEISTER. Vivat!

DIE BAUERN. Vivat!

SCHULMEISTER. So Herr Landrath. Sie sehen wie die Intelligenz im Steigen ist. Bedenken Sie, es ist *Latein*. Wir geben aber auch heut Abend einen transparenten Ball mittelst der Löcher in unseren Jacken und Hosen, und schlagen uns mit unseren Fäusten Cocarden an die Köpfe.

Dritte Scene

GROSSER SAAL. GEPUTZTE HERREN UND DAMEN, SORGFÄLTIG GRUPPIRT

Der Ceremonienmeister mit einigen Bedienten auf dem Vordergrund.

CEREMONIENMEISTER. Es ist ein Jammer! Alles geht zu Grund. Die Braten schnurren ein. Alle Glückwünsche stehen ab. Alle Vatermörder legen sich um, wie melancholische Schweinsohren. Den Bauern wachsen die Nägel und der Bart wieder. Den Soldaten gehn die Locken auf. Von den zwölf Unschuldigen ist Keine, die nicht das horizontale Verhalten dem senkrechten vorzöge. Sie sehen in ihren weißen Kleidchen aus wie erschöpfte Seidenhasen und der Hofpoet grunzt um sie herum wie ein bekümmertes Meerschweinchen. Die Herren Officiere kommen um all ihre Haltung. ⟨*Zu einem Diener.* Sage doch dem Herrn Candidaten, er möge seine Buben einmal das Wasser abschlagen lassen. – Der arme Herr Hofprediger! Sein Frack läßt den Schweif ganz melancholisch hängen. Ich glaube er hat Ideale und verwandelt alle Kammerherrn in Kammerstühle. Er ist müde vom Stehen.⟩

⟨ERSTER BEDIENTER. Alles Fleisch verdirbt vom Stehen. Auch der Hofprediger ist ganz abgestanden, seit er heut Morgen aufgestanden.⟩

⟨CEREMONIENMEISTER.⟩ Die Hofdamen stehen da, wie Gradirbäue, das Salz crystallisirt an ihren Halsketten.

ZWEITER BEDIENTER. Sie machens sich wenigstens bequem. Man kann ihnen nicht nachsagen, daß sie auf den Schultern trügen. Wenn sie auch nicht offenherzig sind, so sind sie doch offen bis zum Herzen.

CEREMONIENMEISTER. Ja, sie sind gute Karten vom türkischen Reich, man sieht die Dardanellen und das Marmormeer. Fort, ihr Schlingel! An die Fenster! Da kömmt Ihro Majestät.

König Peter und der Staatsrath treten ein.

PETER. ⟨Also⟩ auch die Prinzessin ist verschwunden? Hat man noch keine Spur von unserm geliebten Erbprinzen? Sind meine Befehle befolgt? Werden die Grenzen beobachtet?

CEREMONIENMEISTER. Ja, Majestät. Die Aussicht von dießem Saal gestattet uns die strengste Aufsicht. *Zu dem ersten Bedienten.* Was hast du gesehen?

ERSTER BEDIENTER. Ein Hund, der seinen Herrn sucht, ist durch das Reich gelaufen.

CEREMONIENMEISTER *zu einem andern.* Und du?

ZWEITER BEDIENTER. Es geht Jemand auf der Nordgrenze spazieren, aber es ist nicht der Prinz, ich könnte ihn erkennen.

CEREMONIENMEISTER. Und du?

DRITTER BEDIENTER. Sie verzeihen, Nichts.

CEREMONIENMEISTER. Das ist sehr wenig. Und du?

VIERTER DIENER. Auch Nichts.

CEREMONIENMEISTER. Das ist ⟨noch weniger.⟩

PETER. Aber, Staatsrath, habe ich nicht den Beschluß gefaßt, daß meine königliche Majestät sich an diesem Tag freuen und daß an ihm die Hochzeit gefeiert werden sollte? War das nicht unser festester Entschluß?

PRÄSIDENT. Ja, Eure Majestät, so ist es protokollirt und aufgezeichnet.

PETER. Und würde ich mich nicht kompromittiren, wenn ich meinen Beschluß nicht ausführte?

PRÄSIDENT. Wenn es anders für Eure Majestät möglich wäre sich zu kompromittiren, so wäre dieß ein Fall, worin sie sich kompromittiren könnte.

PETER. Habe ich nicht mein königliches Wort gegeben? Ja, ich werde meinen Beschluß sogleich ins Werk setzen, ich werde mich freuen. *Er reibt sich die Hände.* O ich bin außerordentlich froh!

PRÄSIDENT. Wir theilen sämmtlich die Gefühle Eurer Majestät, so weit es für Unterthanen möglich und schicklich ist.

PETER. O ich weiß mir vor Freude nicht zu helfen. Ich werde meinen Kammerherrn rothe Röcke machen lassen, ich werde einige Cadetten zu Lieutenants machen, ich werde meinen Unterthanen erlauben – aber, aber, die Hochzeit? Lautet die andere Hälfte des Beschlusses nicht, daß die Hochzeit gefeiert werden sollte?

PRÄSIDENT. Ja, Eure Majestät.

PETER. Ja, wenn aber der Prinz nicht kommt und die Prinzessin auch nicht?

PRÄSIDENT. Ja, wenn der Prinz nicht kommt und die Prinzessin auch nicht, – dann – dann –

PETER. Dann, dann?

PRÄSIDENT. Dann können sie sich ⟨allerdings⟩ nicht heirathen.

PETER. Halt, ist der Schluß logisch? Wenn – dann. – Richtig! Aber mein Wort, mein königliches Wort!

PRÄSIDENT. Tröste Eure Majestät sich mit andern Majestäten. Ein königliches Wort ist ein Ding, – ein Ding, – ein Ding, – das nichts ist.

PETER *zu den Dienern.* Seht ihr noch nichts?

DIE DIENER. Eure Majestät, nichts, gar nichts.

PETER. Und ich hatte beschlossen mich so zu freuen, grade mit dem Glockenschlag ⟨zwölf⟩ wollte ich anfangen und wollte mich freuen volle zwölf Stunden – ich werde ganz melancholisch.

PRÄSIDENT. Alle Unterthanen werden aufgefordert die Gefühle Ihrer Majestät zu theilen.

CEREMONIENMEISTER. Denjenigen, welche kein Schnupftuch bei sich haben, ist das Weinen jedoch Anstands halber untersagt.

ERSTER BEDIENTER. Halt! Ich sehe ⟨was!⟩ Es ist etwas wie ein Vorsprung, wie eine Nase, das Uebrige ist noch nicht über der Grenze; und dann seh' ich noch einen Mann und dann ⟨noch⟩ zwei Personen entgegengesetzten Geschlechts.

CEREMONIENMEISTER. In welcher Richtung?

ERSTER BEDIENTER. Sie kommen näher. Sie gehn auf das Schloß zu. Da sind sie.

Valerio, Leonce, die Gouvernante und die Prinzessin treten maskirt auf.

PETER. Wer seid Ihr?

VALERIO. Weiß ich's? *Er nimmt langsam hintereinander mehrere Masken ab.* Bin ich das? oder das? oder das? Wahrhaftig ich bekomme Angst, ich könnte mich so ganz auseinanderschälen und -blättern.

PETER *verlegen.* Aber – aber etwas müßt Ihr dann doch sein?

VALERIO. Wenn Eure Majestät es so befehlen. Aber meine Herren hängen Sie alsdann die Spiegel herum und verstecken Sie Ihre blanken Knöpfe etwas und sehen Sie mich nicht so an, daß ich mich in Ihren Augen spiegeln muß, oder ich weiß wahrhaftig nicht mehr, ⟨wer⟩ ich eigentlich bin.

PETER. Der Mensch bringt mich in Confusion, zur Desperation. Ich bin in der größten Verwirrung.

VALERIO. Aber eigentlich wollte ich einer hohen und geehrten Gesellschaft verkündigen, daß hiemit die zwei weltberühmten Automaten angekommen sind und daß ich vielleicht der dritte und merkwürdigste von beiden bin, wenn ich eigentlich selbst recht wüßte, wer ich wäre, worüber man übrigens sich nicht wundern dürfte, da ich selbst gar nichts von dem weiß, was ich rede, ja auch nicht einmal weiß, daß ich es nicht weiß, so daß es höchst wahrscheinlich ist, daß man mich nur so reden *läßt*, und es eigentlich nichts als Walzen und Windschläuche sind, die das Alles sagen. *Mit schnarrendem Ton.* Sehen Sie hier meine Herren und Damen, zwei Personen beiderlei Geschlechts, ein Männchen und ein Weibchen, einen Herrn und eine Dame. Nichts als Kunst und Mechanismus, nichts als Pappendeckel und Uhrfedern. Jede hat eine feine, feine Feder von Rubin unter dem Nagel der kleinen Zehe am rechten Fuß, man drückt ein klein wenig und die Mechanik läuft volle fünfzig Jahre. Diese Personen sind so vollkommen gearbeitet, daß man sie von andern Menschen gar nicht unterscheiden könnte, wenn man nicht wüßte, daß sie ⟨bloße⟩ Pappdeckel sind; man könnte sie eigentlich zu Mitgliedern der menschlichen Gesellschaft machen. Sie sind sehr edel, denn sie sprechen hochdeutsch. Sie sind sehr moralisch, denn sie stehen auf den Glokkenschlag auf, essen auf den Glockenschlag zu Mittag und gehen auf den Glockenschlag zu Bett, auch haben sie eine gute Verdauung, was beweist, daß sie ein gutes Gewissen haben. Sie haben ein feines sittliches Gefühl, denn die Dame hat gar kein Wort für den Begriff Beinkleider, und dem Herrn ist es rein unmöglich, hinter einem Frauenzimmer eine Treppe hinauf- oder vor ihm hinunterzugehen. Sie sind sehr gebildet, denn die Dame singt alle neuen Opern und der Herr trägt Manschetten. Geben Sie Acht, meine Herren und Damen, sie sind jetzt in einem interessanten Stadium, der Mechanismus der Liebe fängt an sich zu äußern, der Herr hat der Dame schon einige Mal den Shawl getragen, die Dame hat schon einige Mal die Augen verdreht und gen Himmel geblickt. Beide haben schon mehrmals geflüstert: Glaube, Liebe, Hoffnung! beide sehen bereits ganz accordirt aus, es fehlt nur noch das winzige Wörtchen: Amen.

PETER *den Finger an die Nase legend.* In effigie? in effigie? Präsident, wenn man einen Menschen in effigie hängen läßt, ist das nicht eben so gut, als wenn er ordentlich gehängt würde?

PRÄSIDENT. Verzeihen, Eure Majestät, es ist noch viel besser, denn es geschieht ihm kein Leid dabei, und er wird *dennoch* gehängt.

PETER. Jetzt hab' ich's. Wir feiern die Hochzeit in effigie. ⟨*Auf Leonce und Lena deutend.* Das ist der Prinz, das ist die Prinzessin.⟩ Ich werde meinen Beschluß durchsetzen, ich werde mich freuen. Laßt die Glocken läuten, macht eure Glückwünsche zurecht, hurtig Herr Hofprediger!

Der Hofprediger tritt vor, räuspert sich, blickt einige Mal gen Himmel.

VALERIO. Fang' an! Laß deine vermaledeiten Gesichter und fang' an! Wohlauf!

HOFPREDIGER *in der größten Verwirrung.* Wenn wir – oder – aber –

VALERIO. Sintemal und alldieweil –

HOFPREDIGER. Denn –

VALERIO. Es war vor Erschaffung der Welt –

HOFPREDIGER. Daß –

VALERIO. Gott lange Weile hatte –

PETER. Machen Sie es nur kurz, Bester.

HOFPREDIGER *sich fassend.* Geruhen Eure Hoheit Prinz Leonce vom Reiche Popo und geruhen Eure Hoheit Prinzessin Lena vom Reiche Pipi, und geruhen Eure Hoheiten gegenseitig sich beiderseitig einander ⟨zu wollen,⟩ so ⟨sagen⟩ Sie ein lautes und vernehmliches Ja.

LENA *und* LEONCE. Ja.

HOFPREDIGER. So sage ich Amen.

VALERIO. Gut gemacht, kurz und bündig; so ⟨wäre denn⟩ das Männlein und ⟨das⟩ Fräulein erschaffen und alle Thiere ⟨des Paradieses⟩ stehen um sie. *Leonce nimmt die Maske ab.*

ALLE. Der Prinz!

PETER. Der Prinz! Mein Sohn! Ich bin verloren, ich bin betrogen! *Er geht auf die Prinzessin los.* Wer ist die Person? Ich lasse Alles für ungiltig erklären.

GOUVERNANTE *nimmt der Prinzessin die Maske ab, triumphirend.* Die Prinzessin!

LEONCE. Lena?

LENA. Leonce?

LEONCE. Ei Lena, ich glaube das war die Flucht in das Paradies. *Ich* bin betrogen.

LENA. Ich bin betrogen.

⟨LEONCE.⟩ O Zufall!

⟨LENA.⟩ O Vorsehung!

VALERIO. Ich muß lachen, ich muß lachen. Eure Hoheiten sind wahrhaftig durch den Zufall einander zugefallen; ich hoffe Sie werden, dem Zufall zu Gefallen, Gefallen aneinander finden.

GOUVERNANTE. Daß meine alten Augen ⟨das⟩ sehen konnten! Ein irrender Königssohn! Jetzt sterb' ich ruhig.

PETER. Meine Kinder ich bin gerührt, ich weiß ⟨mich⟩ vor Rührung kaum zu ⟨lassen.⟩ Ich bin der glücklichste Mann! Ich lege aber auch hiermit feierlichst die Regierung in deine Hände, mein Sohn, und werde sogleich ungestört ⟨jetzt bloß nur noch⟩ zu denken anfangen. Mein Sohn, du überlässest mir diese Weisen *er deutet auf den Staatsrath,* damit sie mich in meinen Bemühungen unterstützen. Kommen Sie meine Herren, wir müssen denken, ungestört denken. *Er entfernt sich mit dem Staatsrath.* Der Mensch hat mich vorhin confus gemacht, ich muß mir wieder heraushelfen.

LEONCE *zu den Anwesenden.* Meine Herren, meine Gemahlin und ich bedauern unendlich, daß Sie uns heute so lange zu Diensten gestanden sind. Ihre Stellung ist so traurig, daß wir um keinen Preis Ihre Standhaftigkeit länger auf die Probe stellen möchten. Gehn Sie jetzt nach Hause, aber vergessen Sie Ihre Reden, Predigten und Verse nicht, denn morgen fangen wir in aller Ruhe und Gemüthlichkeit den Spaß noch einmal von vorn an. Auf Wiedersehn!

Alle entfernen sich, Leonce, Lena, Valerio und die Gouvernante ausgenommen.

LEONCE. Nun Lena, siehst du jetzt, wie wir die Taschen voll haben, voll Puppen und Spielzeug? Was wollen wir damit anfangen? Wollen wir ihnen Schnurrbärte machen und ihnen Säbel anhängen? Oder wollen wir ihnen Fräcke anziehen, und sie infusorische Politik und Diplomatie treiben lassen und uns mit dem Mikroskop daneben setzen? Oder hast du Verlangen nach einer Drehorgel auf der ⟨milchweiße ästhetische⟩ Spitzmäuse herumhuschen? Wollen wir ein Theater bauen? *Lena lehnt sich an ihn und schüttelt den Kopf.* Aber ich weiß besser was du willst, wir lassen alle Uhren zerschlagen, alle Kalender verbieten und zählen Stunden und Monden nur nach der Blumenuhr, nur nach Blüthe und Frucht. Und dann umstellen wir das Ländchen mit Brennspiegeln, daß es keinen Winter mehr gibt und wir uns im Sommer bis Ischia und Capri hinaufdestilliren, und ⟨wir⟩ das ganze Jahr zwischen Rosen und Veilchen, zwischen Orangen und Lorbeer⟨n⟩ stecken.

VALERIO. Und ich werde Staatsminister und es wird ein Dekret erlassen, daß wer sich Schwielen in die Hände schafft unter Kuratel gestellt wird, daß wer sich krank arbeitet kriminalistisch strafbar ist, daß Jeder der sich rühmt sein Brod im Schweiße seines Angesichts zu essen, für verrückt und der menschlichen Gesellschaft gefährlich erklärt wird und dann legen wir uns in den Schatten und bitten Gott um Makkaroni, Melonen und Feigen, um musikalische Kehlen, klassische Leiber und eine kommode Religion!

Leonce und Lena

Verstreute Bruchstücke

Vorrede.
ALFIERI: e la fama?
GOZZI: e la fame?

Personen

I. Act

O wär' ich doch ein Narr!
Mein Ehrgeiz geht auf eine bunte Jacke.
Wie es Euch gefällt.

I. Scene

EIN GARTEN

Der Prinz halb ruhend auf einer Bank, der Hofmeister.

PRINZ. Mein Herr, was wollen Sie von mir? Mich auf meinen Beruf vorbereiten? Ich habe alle Hände voll zu thun, ich weiß mir vor Arbeit nicht zu helfen. – Sehen Sie, erst habe ich auf den Stein hier dreihundert fünf und sechzig mal hintereinander zu spucken. Haben Sie das noch nicht probirt? Thun Sie es, es gewährt eine ganz eigne Unterhaltung. Dann – sehen Sie dieße Hand voll Sand? – *er nimmt Sand auf, wirft ihn in die Höhe und fängt ihn mit dem Rücken der Hand wieder auf* – jezt werf' ich sie in die Höhe. Wollen wir wetten? Wieviel Körnchen hab' ich jezt auf dem Handrücken? Grad oder ungrad? – Wie? Sie wollen nicht wetten? Sind Sie ein Heide? Glauben Sie an Gott? Ich wette gewöhnlich mit mir selbst und kann es tagelang so treiben. Wenn Sie einen Menschen aufzutreiben wissen, der Lust hätte als mit mir zu wetten, so werden Sie mich sehr verbinden. Dann – habe ich nachzudenken, wie es wohl angehn mag, daß ich mir auf den Kopf sehe. – O wer sich einmal auf den Kopf sehen könnte! Das ist eins von meinen Idealen. Mir wäre geholfen. Und dann – und dann noch unendlich Viel der Art. – Bin ich ein Müßiggänger? Habe ich jezt keine Beschäftigung? – Ja es ist traurig …

HOFMEISTER. Sehr traurig, Euer Hoheit.

PRINZ. Daß die Wolken schon seit 3 Wochen von Westen nach Osten ziehen. Es macht mich ganz melancholisch.

HOFMEISTER. Eine sehr gegründete Melancholie.

PRINZ. Mensch, warum widersprechen Sie mir nicht? Sie sind pressirt, nicht wahr? Es ist mir leid, daß ich Sie so lange aufgehalten habe. *Der Hofmeister entfernt sich mit einer tiefen Verbeugung.* Mein Herr, ich gratulire Ihnen zu der schönen Parenthese, die Ihre Beine machen, wenn Sie sich verbeugen.

PRINZ *allein, streckt sich auf der Bank aus.* Die Bienen sitzen so träg an den Blumen und der Sonnenschein liegt so faul auf dem Boden. Es krassirt ein entsetzlicher Müßiggang. – Müßiggang ist aller Laster Anfang. – Was die Leute nicht Alles aus Langeweile treiben, sie studiren aus Langeweile, sie beten aus Langeweile, sie verlieben, verheurathen und vermehren sich aus Langeweile und sterben endlich an der Langeweile und – und das ist der Humor davon – Alles mit den ernsthaftesten Gesichtern, ohne zu merken warum und meinen Gott weiß was dabey. Alle dieße Helden, dieße Genies, dieße Dummköpfe, dieße Sünder, dieße Heiligen, dieße Familienväter sind im Grunde nichts als raffinirte Müßiggänger. – Warum muß ich es grade wissen? Ich bin ein elender Spaßmacher. Warum kann ich meinen Spaß nicht auch mit einem ernsthaften Gesicht vorbringen? – Der Mann, der eben von mir gieng, ich beneidete ihn, ich hätte ihn aus Neid prügeln mögen. O, wer einmal jemand Anders seyn könnte! Nur 'ne Minute lang.

Valerio, halb trunken, kommt gelaufen.

PRINZ *faßt ihn am Arm.* Kerl, du kannst laufen? Mein Gott, wenn ich nur etwas unter der Sonne wüßte, was mich noch könnte laufen machen.

VALERIO *legt den Finger an die Nase und sieht ihn starr an.* Ja!

PRINZ *eben so.* Richtig!

VALERIO. Haben Sie mich begriffen?

PRINZ. Vollkommen.

VALERIO. Nun so wollen wir von etwas Anderm reden. – Ich werde mich indessen in das Gras legen und meine Nase oben zwischen den Halmen herausblühen lassen und romantische

Empfindungen beziehen, wenn die Bienen und Schmetterlinge sich darauf wiegen, wie auf einer Rose.

PRINZ. Aber Bester, schnaufen Sie nicht so stark, oder die Bienen und Schmetterlinge müssen verhungern über den ungeheuren Prisen, die Sie aus den Blumen ziehen.

VALERIO. Ach, Herr, was ich ein Gefühl für die Natur habe. Das Gras steht so schön, daß man ein Ochs seyn möchte, um es fressen zu können, und dann wieder ein Mensch, um den Ochsen zu fressen, der solches Gras gefressen.

PRINZ. Unglücklicher, Sie scheinen auch an Idealen zu laboriren.

VALERIO. O Gott! ich laufe schon seit 8 Tagen einem Ideal von Rindfleisch nach, ohne es irgendwo in der Realität anzutreffen.

er singt: Frau Wirthin hat 'ne brave Magd,
Sie sitzt im Garten Tag und Nacht.
Sie sitzt in ihrem Garten
Bis daß das Glöcklein zwölfe schlägt
Und paßt auf die Solda-a-ten.

Er setzt sich auf den Boden. Seht dieße Ameisen, liebe Kinder, es ist bewundernswürdig welcher Instinkt in dießen kleinen Geschöpfen, Ordnung, Fleiß – Herr, es giebt nur vier Arten, sein Geld auf eine menschliche Weise zu verdienen, es finden, in der Lotterie gewinnen, erben oder in Gottes Namen stehlen, wenn man die Geschicklichkeit hat keine Gewissensbisse zu bekommen.

PRINZ. Du bist mit dießen Principien ziemlich alt geworden ohne vor Hunger oder am Galgen zu sterben.

VALERIO *ihn immer ansehend.* Ja Herr, und das behaupte ich, wer sein Geld auf eine andere Art erwirbt ist ein Schuft.

PRINZ. Denn wer arbeitet ist ein subtiler Selbstmörder, und ein Selbstmörder ist ein Verbrecher und ein Verbrecher ist ein Schuft, also, wer arbeitet ist ein Schuft.

VALERIO. Ja. – Aber dennoch sind die Ameisen ein sehr nützliches Ungeziefer und doch sind sie wieder nicht so nützlich, als wenn sie gar keinen Schaden thäten. Nichts destoweniger, werthestes Ungeziefer, kann ich mir nicht das Vergnügen versagen einigen von Ihnen mit der Ferse auf den Hintern zu schlagen, die Nasen zu putzen und die Nägel zu schneiden.

Zwei Polizeydiener treten auf.

1. POLIZ. Halt, wo ist der Kerl?

2. POL. Da sind zwei.

1. P. Sieh einmal ob Keiner davon läuft?

2. P. Ich glaube es läuft Keiner.

1. P. So müssen wir sie Beyde inquiriren. – Meine Herren, wir suchen Jemand, ein Subject, ein Individuum, eine Person, einen Delinquenten, einen Inquisiten, einen Kerl. *Zu dem andern Pol.* Sieh einmal, wird Keiner roth?

2. P. Es ist Keiner roth geworden.

1. P. So müssen wir es anders probiren. – Wo ist der Steckbrief, das Signalement, das Certificat? *2. Pol. zieht ein Papier aus der Tasche und überreicht es ihm.* Visire die Subjecte, ich will lesen: ein Mensch –

2. P. Paßt nicht, es sind zwei.

1. P. Dummkopf! geht auf 2 Füßen, hat zwei Arme, ferner einen Mund, eine Nase, zwei Augen, zwei Ohren. Besondere Kennzeichen: ist ein höchst gefährliches Individuum.

2. P. Das paßt auf Beyde. Soll ich sie Beyde arretiren?

1. P. Zwei, das ist gefährlich wir sind auch nur zwei. Aber ich will einen Rapport machen. Es ist ein Fall von sehr kriminalischer Verwicklung oder sehr verwickelter Kriminalität. Denn wenn ich mich betrinke und mich in mein Bett lege, so ist das meine Sache und geht Niemand was an, wenn ich aber mein Bett vertrinke, so ist das die Sache von wem, Schlingel?

2. P. Ja, ich weiß nicht.

1. P. Ja, ich auch nicht, aber das ist der Punkt. *Sie gehen ab.*

VALERIO. Da läugne Einer die Vorsehung. Seht, was man nicht mit einem Floh ausrichten kann. Denn wenn es mich nicht heute Nacht überlaufen hätte, so hätte ich nicht den Morgen mein Bett an die Sonne getragen und hätte ich es nicht an die Sonne getragen, so wäre ich nicht damit neben das Wirthshaus zum Mond gerathen und wenn Sonne und Mond es nicht beschienen hätten, so hätte ich aus meinem Strohsack keinen Wein keltern und mich daran betrinken können und wenn das Alles nicht geschehen wäre, so wäre ich jezt nicht in Ihrer Gesellschaft, wertheste Ameisen, und würde von Ihnen scelettirt und von der Sonne ausgetrocknet, sondern würde ein Stück Fleisch tranchiren und eine Bouteille Wein austrocknen – im Spital nemlich.

PRINZ. Ein erbaulicher Lebenslauf.

VALERIO. Ich habe einen läufigen Lebenslauf. Denn nur mein Laufen hat im Lauf dießes Krieges mein Leben vor einem Lauf gerettet, der ein Loch in dasselbe machen wollte. Ich bekam in Folge dießer Rettung eines Menschenlebens einen trocknen Husten, welcher den Doctor annehmen ließ, daß mein Laufen ein Galoppiren geworden sey und ich die galoppirende Auszehrung hätte. Da ich nun zugleich fand, daß ich ohne Zehrung sey, so verfiel ich in oder vielmehr auf ein zehrendes Fieber, worin ich täglich, um dem Vaterland einen Vertheidiger zu erhalten, gute Suppe, gutes Rindfleisch, gutes Brod essen und guten Wein trinken mußte.

PRINZ. Nun Edelster, dein Handwerk, dein métier, deine Profession, dein Gewerbe, dein Stand, deine Kunst?

VALERIO. Herr, ich habe die große Beschäftigung müßig zu gehen, ich habe eine ungemeine Fertigkeit im Nichtsthun, ich besitze eine ungeheure Ausdauer in der Faulheit.

GOUVERNANTE *weint*. Lieber Engel, du bist ein wahres Opferlamm.

LENA. Ja wohl, und der Priester hebt schon das Messer. – O Gott, ist es denn wahr, daß wir uns selbst erlösen müssen mit unserm Schmerz? Ist es denn wahr die Welt sey ein gekreuzigter Heiland, die Sonne seine Dornenkrone und die Sterne die Nägel und Speere in seinen Füßen und Lenden?

GOUVERNANTE. Mein Kind, mein Kind! ich kann dich nicht so sehen. – Vielleicht, wer weiß. Ich habe so etwas im Kopf. Wir wollen sehen. Komm! *Sie führt die Prinzessin weg.*

II. Act

Wie ist mir eine Stimme erklungen im tiefsten Innern,
Und hat SATZ BRICHT AB

Steh auf in deinem weißen Kleid u. schwebe durch die Nacht u. sprich zur Leiche steh auf und wandle.

LENA. Die heiligen Lippen, die so sprachen, sind längst Staub.

LEONCE. O nein,

VAL. Heirathen?

PRINZ. Das heißt Leben u. Liebe eins seyn lassen, daß die Liebe das Leben ist, und das Leben die Liebe. Weißt du auch Valerio, daß auch der Geringste so groß ist, daß das menschliche Leben viel zu kurz ist um ihn lieben zu können? Und dann kann ich doch den Leuten das Vergnügen gönnen, die meinen daß nichts so schön und heilig sey, daß sie es nicht noch schöner und heiliger machen müßten. Es liegt ein gewisser Genuß in d. Meinung, warum sollt' ich ihn ihnen nicht gönnen.

VAL. Ja, nur ich denke, daß der Wein noch lange kein Mensch ist und daß man ihn doch sein ganzes Leben lieben kann. Aber weiß sie auch wer Sie sind.

LEONCE. Sie weiß nur, daß sie mich liebt.
VALERIO. Und wissen Sie auch wer sie ist?
LEONCE. Dummkopf! Sie ist so Blume, daß sie kaum getauft sėyn kann, eine geschlossne Knospe, noch ganz geschlossen vom Morgenthau u. d. Traum d. Nachtzeder.
VAL. Gut meinetwegen. Wie soll das gehn? Prinz, bin ich Minister, wenn Sie heute vor Ihrem Vater mit d. Unaussprechlichen, Namenlosen kopulirt werden?
LEONCE. Wie ist das möglich?
VAL. Das wird sich finden, bin ich's?
LEONCE. Mein Wort.
VAL. Danke. Kommen Sie.

ANHANG

Editorische Notiz

Textgrundlage der vorliegenden Ausgabe ist die Historisch-kritische Edition, die Werner R. Lehmann herausgegeben hat: Georg Büchner: Sämtliche Werke und Briefe. Historisch-kritische Ausgabe. Herausgegeben von Werner R. Lehmann. Erster Band: Dichtungen und Übersetzungen. Mit Dokumentationen zur Stoffgeschichte. Hamburg 1967.

Hervorhebungen, die in der Vorlage durch Sperrung vorgenommen wurden, sind in der vorliegenden Ausgabe kursiv gesetzt. Die in Spitzklammern stehenden Passagen stellen Hinzufügungen des Herausgebers auf der Grundlage eines anderen Textzeugen dar. Bei ›Leonce und Lena‹ gibt es zwei maßgebliche Textzeugen: zum einen den ersten vollständigen Druck, den Ludwig Büchner 1850 im Rahmen der ›Nachgelassenen Schriften von Georg Büchner‹ veranstaltet hat und dem die vorliegende Ausgabe weitgehend folgt; zum anderen die umfangreiche Publikation des Stückes, die Karl Gutzkow bereits 1838 vorgenommen hat. Wenn König Peter also zum Beispiel in der Ausgabe von 1850 lediglich »im Zimmer herum«, in der Ausgabe von 1838 jedoch »fast nackt im Zimmer herum« läuft, steht »fast nackt« in der vorliegenden Ausgabe in spitzer Klammer.

Daten zu Leben und Werk

1813
Karl Georg Büchner wird am 17. Oktober als ältestes von sechs Kindern des Arztes Ernst Karl Büchner und dessen Frau Caroline, geborene Reuß, in Goddelau geboren.

1816
Die Familie siedelt aufgrund einer Versetzung des Vaters nach Darmstadt über.

1821–1831
Büchner erhält Privatunterricht bei seiner Mutter und auf einer Privatschule. 1825 wechselt er auf das Großherzogliche Ludwig-Georg-Gymnasium in Darmstadt. 1830 hält Büchner bei einer Schulfeier die Rede zur Verteidigung des Cato von Utica, in der sich seine Verinnerlichung der Freiheitsideale der Klassiker zeigt. Schon in der Schulzeit beschäftigt sich Büchner eingehend mit den Ideen der Französischen Revolution.

1831
Im November nimmt Büchner das Medizinstudium an der Straßburger Universität auf. Er wohnt bei dem Pfarrer Johann Jakob Jaeglé.

1832
Büchner verlobt sich mit Pfarrer Jaeglés Tochter Wilhelmine (»Minna«), heimlich, um den Vater nicht zu verärgern. Im Sommer Aufenthalt in Darmstadt.

1833
Büchner beschäftigt sich neben dem Studium ausführlich mit den politischen Verhältnissen in Deutschland. Am 3. April findet der Frankfurter Wachensturm statt. Trotz prinzipieller Be-

fürwortung der Idee der Revolution lehnt Büchner den Versuch wegen des zu frühen Zeitpunkts und der mangelhaften Durchführung ab. In einem Brief an die Eltern schreibt er, er würde sich nicht auf »revolutionäre Kinderstreiche« einlassen, bejaht aber gewaltsame Maßnahmen zur Lösung der sozialen und politischen Probleme in Deutschland. Im August kehrt Büchner nach Darmstadt zurück, Ende Oktober wechselt er an die Universität Gießen, da er dort sein Studium gemäß hessischen Gesetzen abschließen muss. In Gießen ist gerade die hessische Deputiertenkammer aufgelöst worden, da sie sich gegen verfassungswidrige Vorhaben der Darmstädter Regierung gestellt hatte. Büchner ist nach dem offeneren Klima in Straßburg von den politischen Gegebenheiten in Hessen erschüttert. Die Einschränkung bürgerlicher Freiheitsrecht, Inhaftierung politischer Gegner, die soziale Ungleichheit usf. machen ihn »rasend«. Im November erkrankt er an einer Hirnhautentzündung, unterbricht das Studium kurzfristig und geht nach Darmstadt. Er setzt sich im Winter intensiv mit der Französischen Revolution auseinander.

1834
Mit Jahresbeginn nimmt Büchner das Studium in Gießen wieder auf. Wahrscheinlich im Januar schreibt er wohl unter den Eindrücken des Studiums der Revolutionsgeschichte den »Fatalismus-Brief« an Minna, in dem er die Machtlosigkeit des Menschen gegenüber dem Verlauf der Geschichte formuliert. Er lernt Ludwig Weidig kennen, der in der Opposition tätig ist und die Untergrundzeitschrift *Leuchter und Beleuchter für Hessen* herausbringt. Büchner beginnt, sich politisch zu engagieren. Er entwirft die Flugschrift *Der Hessische Landbote* (mit dem Motto »Friede den Hütten, Krieg den Palästen«), die von Weidig, ohne Büchners Zustimmung, stark überarbeitet wird: Büchner versucht, die unteren Volksschichten zu erreichen, in die er seine Hoffnungen setzt. Die bürgerlich-liberale Klasse verachtet er als stagnierend. Weidig hingegen möchte das oppositionelle

Bürgertum ansprechen, weshalb er Kritik am liberalen Bürgertum streicht. Im März bis Mai besucht Büchner Minna in Straßburg und gründet gemeinsam mit August Becker in Gießen und Darmstadt Sektionen der »Gesellschaft der Menschenrechte« nach dem Vorbild der französischen »Société des droits de l'homme et du citoyen«. Am 3. Juli nimmt er an der Gründungsversammlung eines Pressvereins teil. Am 1. August wird der Student Karl Minnigerode nach einer Denunziation beim Versuch, den *Hessischen Landboten* zu verteilen, verhaftet. Büchner warnt die anderen Beteiligten in Butzbach und Offenbach. Im September geht er zurück nach Darmstadt. Er beteiligt sich an Aktionen des Pressvereins, ein Befreiungsversuch Minnigerodes schlägt aber fehl. Im November wird der *Hessische Landbote* nochmals bearbeitet neu aufgelegt. Auch die zweite Auflage erscheint gegen Büchners Willen.

1835
In Darmstadt beginnt Büchner im Januar mit der Abfassung von *Dantons Tod*. Als er im Februar vermutlich eine Vorladung vom Darmstädter Untersuchungsrichter erhält, flieht er im März nach Straßburg. Ein Vorabdruck von *Dantons Tod* erscheint in der Zeitschrift *Phönix*. Im April kommt es in Hessen zu einer Reihe von Verhaftungen, nachdem der Student Gustav Clemm ein Geständnis abgegeben hat. Vermutlich im Mai fasst Büchner den Plan zu einer Novelle über die Leiden des Schriftstellers Jakob Michael Reinhold Lenz. Ab Juni wird er infolge seiner politischen Aktivitäten wegen »Teilnahme an staatsverräterischen Handlungen« steckbrieflich gesucht. Der Steckbrief erscheint in Darmstädter und Frankfurter Zeitungen. Am 11. Juli erscheint *Dantons Tod*, im Oktober seine Übersetzungen von Victor Hugos *Lucretia Borgia* und *Maria Tudor*.

1836
Büchner verfasst das Lustspiel *Leonce und Lena*, das er bei einem Wettbewerb des Cotta-Verlages einreichen will. Er wird

im September in Zürich mit einer Dissertation *Sur le système nerveux du barbeau* (Über das Nervensystem der Barben) promoviert. Es schließen sich Arbeiten an *Woyzeck* und einer zweiten Fassung von *Leonce und Lena* an. Im Oktober zieht er nach Zürich, wo er im November, nach der Probevorlesung »Über Schädelnerven«, an der Philosophischen Fakultät eine Stellung als Privatdozent für vergleichende Anatomie erhält. Er bekommt eine vorübergehende Aufenthaltsgenehmigung als Asylant.

1837
Im Januar kündigt Büchner in einem Brief an Minna Jaeglé das zeitnahe Erscheinen dreier Dramen an. Anfang Februar erkrankt er schwer an Typhus; am 19. Februar stirbt er. Von Büchners Schriften sind zu Lebzeiten nur der *Hessische Landbote*, *Dantons Tod* und seine Übersetzungen Hugos erschienen, in der Folgezeit werden jedoch noch einige Werke postum veröffentlicht: 1838 erscheint *Leonce und Lena*, 1839 *Lenz*. 1850 gibt Georgs Bruder Ludwig die *Nachgelassenen Schriften* Georgs heraus, wobei z.B. *Woyzeck* nicht unterkommt und Ludwig auch sonst in das Material eingreift. Im November 1875 lässt Karl Emil Franzos einen Teil des Fragments *Woyzeck* abdrucken, 1878 erscheint das ganze Fragment.

Aus Kindlers Literatur Lexikon: Georg Büchner, ›Dantons Tod‹

In seinem 1835 erschienenen, erst 1902 in Berlin uraufgeführten Geschichtsdrama artikuliert der Verfasser der sozialrevolutionären Flugschrift *Der Hessische Landbote* Fatalismus und Skepsis gegenüber einer Steuerbarkeit gesellschaftlicher Umwälzungsprozesse. Am Beispiel einer Phase der krisenhaften Zuspitzung der Französischen Revolution, der sogenannten Jakobinerdiktatur der Jahre 1793/94, thematisiert Georg Büchner das Umschlagen freiheitlicher Ideale in autoritäre Willkürherrschaft und stellt angesichts einer sich verselbständigenden zerstörerischen Geschichtsdynamik die Handlungsmöglichkeiten des Subjekts in Frage.

Das vieraktige Drama schildert die letzten Lebenstage von Georges Jacques Danton, der, wenngleich selbst Jakobiner, d.h. Mitglied der radikalen Bergpartei, dennoch der fortschreitenden Radikalisierung dieser politischen Gruppierung zum Opfer fällt. Ausgiebig greift Büchner auf historische Quellen, insbesondere auf Adolphe Thiers *Histoire de la Révolution Française* (Paris 1823–1827) und die 36-bändige Kompilation *Unsere Zeit oder Geschichtliche Übersicht der merkwürdigsten Ereignisse von 1789–1830* zurück und situiert die Handlung historisch genau in dem kurzen Zeitraum zwischen der Hinrichtung des Sozialrevolutionärs Jacques René Hébert (von der zu Beginn des Stückes die Rede ist) am 24. März und der Verurteilung und Ermordung des Titelhelden (mit der das Stück endet) am 5. April 1794.

Die Hauptakteure des Dramas, sämtlich ›gebrochene‹ Charaktere, sind neben dem Protagonisten Danton sein Antagonist Maximilien Robespierre und das Volk. Während Danton das Leben eines sensualistischen Libertins führt, philosophisch einem nihilistischen Lebensüberdruss huldigt, dabei zugleich aber den humanistischen Revolutionär verkörpert, gefällt sich Robespierre in der Doppelrolle des rigorosen Tugendhelden und kalten Vollstreckers. Das Pariser Volk schließlich wird allein durch das fortwährende blutige Spektakel der Guillotinierungen von seiner materiellen Not abgelenkt, hat mit seinen wankelmütigen, spontan-emotionalen Reaktionen im Machtkampf zwischen Danton und Robespierre die Funktion eines Züngleins an der Waage und desavouiert durch seine Unfähigkeit, als kollektives Subjekt handelnd einzugreifen, die Revolution als eine rein bürgerliche und sozial gescheiterte.

Im 1. Akt erscheint Danton als ein Lebemann in der Welt des Spiels und der Grisetten. Kontrastiert wird dies einerseits mit der Lebenswirklichkeit eines einfachen Mannes aus dem Volke, dessen Tochter sich prostituiert, um die Familie zu ernähren, und andererseits mit Robespierre, der im Jakobinerclub den Schrecken als die »Waffe der Republik« rechtfertigt. Der Akt endet mit einem verbalen Disput zwischen Danton und Robespierre, der einzigen unmittelbaren Begegnung der beiden Widersacher.

Im 2. Akt wird Danton von seinen Anhängern verstärkt zu einer programmatischen Rede gegen die ›terreur‹ gedrängt, die er jedoch hinauszögert, bis die Nachricht seiner beschlossenen Verhaftung ihn erreicht. Gelähmt durch Schuldgefühle wegen seiner Rolle bei den Septembermorden im Jahre 1792, interpretiert Danton sein damaliges Verhalten als Konsequenz eines historischen Determinismus, der den Handelnden ihre Handlungen diktiere: »Puppen sind wir von unbekannten Gewalten am Draht gezogen; nichts, nichts wir selbst.« Dieser fatalistischen Geschichtskonzeption steht diejenige St. Justs gegenüber, der die geplante Guillotinierung Dantons im Nationalkonvent durch eine Parallelisierung von Menschheits- und Naturgeschichte rechtfertigt.

Nach seiner Gefangennahme hält Danton im 3. Akt vor dem Revolutionstribunal eine flammende Rede der Selbstverteidigung, mit der er die Geschworenen so beeindruckt, dass nur eine Verschwörungsintrige seiner Feinde einen Stimmungsumschwung bringt. Der 4. Akt in der Conciergerie ist ganz von den drohenden Guillotinierungen geprägt: Die Gefangenen führen Gespräche über den Tod und die Existenz Gottes und stützen sich in Gesten der Freundschaft und Solidarität beim Gang aufs Schafott.

Das Innovationspotenzial von *Dantons Tod* liegt in den knappen Dialogen, die die Verschiedenheiten der Milieus treffsicher einfangen, und in der Struktur des Stückes, die einen Bilderbogen wechselnder Schauplätze entfaltet und in loser Abfolge Szenen präsentiert, die weniger der Dynamik einer mit Spannung erwarteten Handlung (dass Danton sterben wird, verrät schon der Titel), sondern vielmehr der Inszenierung und kontrastiven Spiegelung unterschiedlicher Welten und Stilebenen dienen. Wohl gerade weil Georg Büchner seinen dramatischen Blick auf die Französische Revolution bewusst offen gehalten und sich so einer Ideologisierbarkeit verweigert hat, ist *Dantons Tod* bis heute eines der meistgespielten Dramen der Weltliteratur.

Tanja van Hoorn

Aus: Kindlers Literatur Lexikon. 3., völlig neu bearbeitete Auflage. Herausgegeben von Heinz Ludwig Arnold (ISBN 978-3-476-04000-8).

Aus Kindlers Literatur Lexikon: Georg Büchner, ›Leonce und Lena‹

Das 1836 entstandene dreiaktige Lustspiel war in seiner ersten Version, die ebenso wie die späteren Fassungen zu Lebzeiten des Autors unpubliziert blieb und im Manuskript nicht überliefert ist, als Beitrag zu einem vom Cotta-Verlag ausgeschriebenen Literaturwettbewerb gedacht, für den es jedoch aufgrund des verspäteten Eintreffens nicht angenommen wurde. Im Gegensatz zu den beiden anderen erhaltenen Dramen, dem Geschichtsdrama *Dantons Tod* und dem sozialen Drama *Woyzeck*, die beide einer realistischen Tradition verpflichtet sind, greift Georg Büchner in dem träumerisch-märchenhaften Stück *Leonce und Lena* auf Techniken des romantischen Schauspiels zurück und orientiert sich insbesondere an Clemens Brentanos Lustspiel *Ponce de Leon* (1804) und Alfred de Mussets Komödie *Fantasio* (1834).

Das Stück greift auf Elemente der traditionellen Verwechslungskomödie zurück: Die beiden Titelhelden, Prinz Leonce aus dem Lande Popo und Prinzessin Lena aus dem Lande Pipi, sollen unbekannterweise miteinander verheiratet werden, flüchten zur Vermeidung dieser arrangierten Verbindung aus dem Herrschaftsbereich ihrer Väter, begegnen sich zufällig an einem dritten Ort, verlieben sich ohne Wissen um die Identität des jeweils anderen ineinander und erkennen einander erst, als sie durch einen Trick von Leonces geistreichem Freund Valerio, Hofnarr des Landes Popo, bereits verheiratet sind.

Damit aber ist nicht etwa ein vorherbestimmter Zyklus in einer immergleichen Ordnung geschlossen, sondern vielmehr eine tiefgreifende Veränderung der Verhältnisse eingeleitet: Der alte, handlungsunfähige, karikaturhaft-lächerliche König Peter tritt mit seinem gesamten Hofstaat ab und übergibt die Regierungsgeschäfte an Leonce, welcher durch die Liebe zu Lena von Langeweile, Melancholie und Weltschmerz geheilt ist. Valerio wechselt von der Rolle des Narren in die eines Staatsministers und verkündet als Ziel der neuen Regierung die Schaffung schlaraffenlandähnlicher Zustände. Mit dieser Schlussutopie untermauert Valerio in bewusst narrenhafter Pose noch einmal die Absage an die Realität des Duodezabsolutismus und der feudalistischen Ausbeutungsverhältnisse, die zuvor auch in der einzigen Volksszene des Stückes als grotesk entlarvt worden sind; zugleich charakterisiert er das komödiantische Märchen *Leonce und Lena* damit als einen ebenso heiteren wie satirisch-kritischen Gegenentwurf.

Tanja van Hoorn